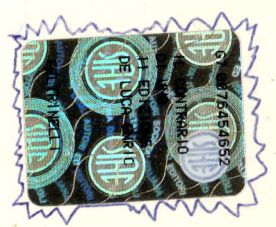

ERRI DE LUCA
Il contrario di uno

© Giangiacomo Feltrinelli Editore Milano
Published by arrangement with Susanna Zevi Agenzia Letteraria
Prima edizione ne "I Narratori" maggio 2003
Prima edizione nell'"Universale Economica" maggio 2005
Undicesima edizione febbraio 2013

Stampa Nuovo Istituto Italiano d'Arti Grafiche - BG

ISBN 978-88-07-88152-7

www.feltrinellieditore.it
Libri in uscita, interviste, reading,
commenti e percorsi di lettura.
Aggiornamenti quotidiani

*Alle madri,
perché essere in due comincia da loro*

Mamm'Emilia

In te sono stato albume, uovo, pesce,
le ere sconfinate della terra
ho attraversato nella tua placenta,
fuori di te sono contato a giorni.

In te sono passato da cellula a scheletro
un milione di volte mi sono ingrandito,
fuori di te l'accrescimento è stato immensamente meno.

Sono sgusciato dalla tua pienezza
senza lasciarti vuota perché il vuoto
l'ho portato con me.

Sono venuto nudo, mi hai coperto
così ho imparato nudità e pudore
il latte e la sua assenza.

Mi hai messo in bocca tutte le parole
a cucchiaini, tranne una: mamma.
Quella l'inventa il figlio sbattendo le due labbra
quella l'insegna il figlio.

Da te ho preso le voci del mio luogo,
le canzoni, le ingiurie, gli scongiuri,
da te ho ascoltato il primo libro
dietro la febbre della scarlattina.

Ti ho dato aiuto a vomitare, a friggere le pizze,
a scrivere una lettera, ad accendere un fuoco,
a finire le parole crociate, ti ho versato il vino
e ho macchiato la tavola,
non ti ho messo un nipote sulle gambe
non ti ho fatto bussare a una prigione
non ancora,
da te ho imparato il lutto e l'ora di finirlo,
a tuo padre somiglio, a tuo fratello,
non sono stato figlio.
Da te ho preso gli occhi chiari
non il loro peso
a te ho nascosto tutto.

Ho promesso di bruciare il tuo corpo
di non darlo alla terra. Ti darò al fuoco
fratello del vulcano che ci orientava il sonno.

Ti spargerò nell'aria dopo l'acquazzone
all'ora dell'arcobaleno
che ti faceva spalancare gli occhi.

Vento in faccia

Le prime volte sperimenti il vento che fanno i corpi in corsa. Vedi la fuga che ti arriva contro, i tuoi scappano, tu ti tieni su un bordo per non averli addosso. Corrono zitti, niente gridi, il fiato serve tutto per le gambe. Guardi la loro corsa. È vento in faccia, corpi di ragazzi e ragazze schizzano via, nessuno bada a te. Poi qualcuno dirà sì, l'ho visto, era fermo sull'angolo, appoggiato al muro.

Dietro arrivano le truppe in divisa. Tu aspetti la poca terra di nessuno tra i fuggiti e quelli che rincorrono, ti stacchi dal margine, dal muro, tiri quello che hai in mano, tiri basso per far inciampare, poi tocca a te schizzare. Hai avuto tempo di guardare dove ti conviene, dove hai vantaggio, meglio se in salita. Chi insegue ha già l'affanno e si scoraggia a correre contro una pendenza. Anche se vuole tirarti dietro qualche colpo, è più scomodo un bersaglio che sta più in alto.

Hai poco vantaggio, qualche metro, ma con la sortita hai scombinato, per qualche secondo, il loro galoppo, li hai sorpresi. Vedono te soltanto, ma gli frulla il dubbio che ce ne sono altri, per un altro secondo guardano intorno. È un vecchio vizio del timore, quello di non fidarsi dei propri sensi in punto di concitazione. Ne profitti e guadagni metri. Hanno capito infine che sei solo una scheggia, quella che sbatte contro le gambe larghe di chi abbatte un albero con l'ascia. Dietro di te scoppia la loro collera e li trascina alla rincorsa, senti che qualcuno strilla d'acchiapparti, pensi: meglio ancora, sprecano a gridi la riserva d'aria, in venti, trenta metri avranno il fiato spento, si dovranno piantare in piena corsa a rifiatare. Intanto hai scomposto il loro inseguimento, i tuoi sono al riparo e tu puoi rallentare, tentare di raggiungerli nel posto successivo, già concordato in caso di fuga. Tu: chi sei?

Sei uno che un giorno dentro una carica delle truppe sei rimasto fermo. T'è venuto sgomento per la corsa sgangherata di quelli intorno, che se uno cadeva gli altri magari gli passavano sopra con il panico. Ti dava pena la corsa goffa di molte ragazze che allora non andavano in palestre e per i parchi a fare allenamenti. Quand'è toccato a te d'essere giovane, e giovane di strada, lo sport era stato l'ora di educazione fisica in un camerone di scuola. I ragazzi sapevano correre perché giocavano a palla nella Villa Comunale, interrotti dai vigili urbani. Le ragazze non sapevano correre. Imparavano allora, nelle manifestazioni attaccate, affumicate, inseguite.

La prima volta che non sei scappato t'hanno preso, anzi te li sei presi addosso. Ti sei accartocciato in terra, è volato il berretto per un calcio, però l'istinto t'ha consigliato bene. In mezzo ai loro piedi era più difficile essere colpito, mentre è più comodo e forte il colpo su chi si piega restando a mezz'altezza. Sfogano su di te, poi uno di loro ti spinge nelle retrovie, buschi qualche altro colpo, uno più duro ti fa cadere ancora, viene da dietro, impara, sì, così impari che da acciuffato, arreso, non sei al riparo, prima devi passare in mezzo a loro. Non è come da bambini quando chi veniva fatto prigioniero stava fermo un giro, nessuno lo toccava.

Qui stai nel purgatorio delle loro retrovie, spuntano colpi a freddo, da guappi di cartone come si dice al paese tuo.

Così la prima volta sei rimasto acchiappato, meglio di un pollastro, che almeno quello tenta di sgusciare tra le gambe. Niente, tu li hai aspettati senza nessun pensiero, solo perché non te ne volevi andare. Spinto dentro un furgone, la sorpresa è che non sei solo. Vicino a te nel poco di luce c'è un altro, vestito appena meglio di te, senza sangue sulla faccia e sui panni. Chiede come stai, se riconosci, se sai contare. S'interessa che non hai danni dentro il cranio, solo quelli fuori. Dice che è dura una testa, mica facile romperla, però sbucciarla sì. Ti guarda il buco, scostando il fazzoletto che ci tieni, dice che torna nuova con qualche punto.

L'hanno preso, però è rimasto in piedi, ha scansato qualche colpo, non sono riusciti a rovesciarlo a terra, lo hanno portato sotto le braccia a peso morto dentro il furgone, così avevano le mani occupate. Gli è già capitato. Chiede perché tu non sei scappato. Non lo sai, ma sì, lo sai, però non lo vuoi dire che tutt'insieme t'è venuta vergogna di scappare, una vergogna più forte della paura. Potessi dirlo nel tuo dialetto, "me so' miso scuorno 'e fuì", mi sono vergognato di fuggire, sarebbe preciso, ma in italiano suona strana l'intimità di una vergogna, così premi più forte il fazzoletto sul buco e resti zitto. Ora lo sai ma allora no: una quantità di coraggi spuntano da vergogna e sono più tenaci di quelli saliti dalle collere che sono scatti rapidi a sbollire. Invece le vergogne sono di grano duro e non scuociono.

Intanto aprono e sbattono dentro un altro che resta fermo in terra, lui si alza e l'aiuta a sedersi, quello resiste, ha paura di prenderne altre, lui insiste, se resta per terra quelli entrano e ripartono i colpi: perché non stai a casa tua che puoi dormire per terra come il cane che sei. Così lo convince e lo sistema sull'ultimo sedile in fondo al buio del furgone. Si spalancano le due portiere, arriva a strilli e schiaffi un gruppetto di sei, una ragazza pure, presi tutti insieme, chiudono, il furgone parte, con la sirena e con la scorta.

Dove ci portano, chiede uno, in questura dice lui. Ci arrestano, domanda, qualcuno sì, a casaccio, qualche volta, risponde. Un altro ricorda che non ha detto niente a casa. All'arrivo in caserma lui ti dice: quando aprono esco io per primo, tu vieni dietro e stammi appiccicato, cammina più svelto che puoi, non ti fermare, soprattutto non cadere, guarda solo a terra, a dove metti i piedi, ci fanno passare in mezzo a loro, se cadi ne pigli più di prima e ne fai dare a quelli dietro che non possono passare.

E così è, lui esce, piglia i primi pugni e va dritto in fondo al corridoio dei colpi senza inciampare nei piedi, negli sgambetti, tu gli stai addosso e riesci a entrare nel camerone senza altre botte in testa, solo calci. Ti ha aperto il passaggio, senti per lui una gratitudine da lacrime. Dietro di te il primo è inciampato, hai sentito i gridi, non ti sei voltato. Quando arrivano pure loro dentro il camerone hai messo le mani sugli occhi e non vuoi guardare. Ma ti servirebbero altre due mani per le orecchie. Gli dici grazie, risponde che non l'ha fatto per te, ma per sé, che se andavi avanti tu e ti fermavi, lui ne prendeva di più.

Quante volte l'hanno preso, chiedi, altre, risponde. Sedete vicino. Non chiedere di andare al cesso, dice, se ti scappa fattela addosso, che tanto si asciuga presto. Gli chiedi se ci arrestano. Se passiamo la notte qui, no, ci rilasciano domani mattina; se no in serata ci portano in prigione e almeno lì si può pisciare in pace.

Non sei scappato, ti chiede. No. Neanche lui, cominciano a trovarsi quelli che non vogliono scappare. Comincia a formarsi una fila di ostinati. Sono ancora sparsi, ma ci si conosce. Vi scambiate i nomi. Così passa la tua prima notte da acciuffato, a parlare di domani, delle prossime volte, di come fermare le cariche. Ecco tu sei uno che ha cominciato così. Al mattino vi mettono fuori. Non vai al pronto soccorso, ma da un medico che aiuta i feriti delle manifestazioni, ti porta lui, l'amico da meno di un giorno, al quale affideresti il tuo paio d'occhi, perché quelli sono giorni in cui va di fretta la fiducia, la lealtà e pure il destino.

Nelle riunioni, nelle assemblee molti conoscono molti. Si parla di non farsi mandare gambe all'aria, di preparare difese con chi se la sente di serrare una fila. Il più chiaro di noi dice che non c'è differenza tra violenza di aggressione e violenza di difesa, che una barricata è violenza pura e un sasso anche, e una bottiglia di benzina. Dice che la differenza sta tra violenza di stato e violenza di popolo, una è sopraffazione, l'altra no. E poi dice di levarsi di testa le parole esotiche spuntate in altri continenti, per esempio guerriglia che vuol dire piccola guerra. Da noi, dice, si fa battaglia di strada, per poter stare in strada anche contro i divieti, per non farci sbaragliare, per non farci arrestare. Non è guerra la nostra, né piccola né grande, è scippo con destrezza di qualche ora di manifestazione. Non liberiamo territori, ci pigliamo soltanto la libertà di essere contro tutti i poteri costituiti.

A certi pare poco, e la rivoluzione? Viene, se viene, in fondo a molte giornate di democrazia rubata. Chi ha studiato il latino, dice, sa come rincorre i verbi la legge della consecutio temporum, come infila frasi una dietro l'altra con catena di verbi. Così è la rivoluzione, una subordinata per noi oggi. Ma a noi spetta agire come se, come avercela all'ordine del giorno e stare al mondo da rivoluzionari. Non per la rivoluzione ma per la più elementare figura della democrazia che è il diritto di manifestare. Trovare alloggi dove possono abitare i nostri numerosi latitanti, avvocati che difendono in tribunale le ragioni politiche delle nostre mosse accusate, medici che curano i feriti non in ospedale.

Alla fine delle manifestazioni aumentano gli arresti, però la fuga non è lo scompiglio di prima. C'è una linea che assorbe urto e respinge. Impari a stare lì, tra quelli che non si fanno da parte. Se uno finisce isolato con la truppa addosso si va a prenderlo e a scipparlo di mano. A te è toccato questo sollievo, d'essere sradicato a viva forza dalla truppa che ti aveva già arrestato. Ricordi un amico che assaltò da solo un furgone fermo a un semaforo, senza scorta, prese le chiavi al conducente e aprì le portiere e liberò tutti gridando "Tana", come da bambini.

Intanto ti accorgevi che le truppe in divisa preferivano puntare su persone isolate, non sulla tua linea. Attraverso di loro ti sei accorto che i rapporti di forza per le strade stavano cambiando.

Hai continuato perché continuava e s'induriva in anni, hai preso parte a scontri, assai, perché la folla degli insubordinati aumentava e a quelli come te spettava responsabilità di loro, dei venuti dopo. Nelle riunioni raccontavi il diritto di provare paura, che è sana e fa ragionare bene. Non bisognava strapparsela di dosso, non con violenza su di sé si acquista coraggio, ma solo qualche minuto di audacia isterica. I nostri erano ranghi di chi ha a cuore il ritorno a casa, non erano imprese per arditi ma per fiduciosi, per chi si fida di quello sotto braccio, che rimane accanto. Bastava? Mica sempre, però nelle mischie non serviva l'infiammato ma il calmo, non un eroe ma un disciplinato.

Cambiarono i rapporti di forza fino al '75, quando, per recuperare il vantaggio della forza pubblica, il parlamento a grassa maggioranza dette in dote ai militi la legge che consentiva loro di sparare in piazza senza causa di pericolo e bisogno di legittima difesa, di entrare nelle case e nelle sedi politiche senza mandato di magistratura, di tenersi un acciuffato per due giorni e notti senza avvisare avvocato né magistrato. Insomma permetteva il così via, imperversando nella prateria bruciata dei diritti personali e pubblici. Da quel tempo in poi mettersi di traverso nelle strade fu scelta di pronti a tutto.

Oggi lo riconosci, era impossibile trattare con quella gioventù. Da dov'era spuntata tutta insieme? Così avversa a ogni autorità, strafottente di deleghe, di partiti, di voti, così ficcata in mezzo al popolo, pratica di vie spicce, contagiosa. Entrava nelle prigioni a schiere di arrestati, faceva lega con i detenuti e iniziavano le rivolte contro il trattamento penitenziario. Andava a fare servizio di leva e dentro le caserme partivano gli ammutinamenti per un rancio migliore e una paga decente. Negli stadi i tifosi adattavano i cori e ritmi delle manifestazioni ai loro incitamenti. Da dov'era spuntata quella generazione imperdonabile che ancora sconta il debito penale del suo millenovecento? Non lo sai, immagini piuttosto che in un sistema ondoso c'è un'onda più serrata e forte, che non si spiega con quella di prima né con quella di dopo. Perciò immagini che prima o poi le generazioni tornano.

Tornano, è tornata, adesso ce n'è un'altra che agisce come un corpo, si muove da generazione. Altre età venute prima di lei si sono aggiustate a figlie del loro tempo, hanno aderito a esso in convinta ubbidienza. Questa di adesso, come la tua, fa il contrattempo, passa contropelo, perciò è contemporanea di se stessa, estemporanea al resto. Si occupa del mondo, anziché del condominio. Tu la segui, vai dietro alle sue mosse e alle licenze che le autorità si prendono contro di lei. Tu con le tue passate notizie di piazze arrostite affumicate sei presso di lei scaduto: questa generazione ammette di subire violenza ma non vuole sporcarsene reagendo. Vuole che l'aggressione sia da una parte sola, snuda il loro diritto e lo mostra allo stato di natura, per quello che è: sopraffazione.

Ma ci fai cosa, tu e altri della tua specie ed età, in mezzo a questi nuovi? Poco e niente ci fai, che possa servire a loro, però ci stai lo stesso, richiamato in strada dal rosso di Genova, di piazza Alimonda, della notte alla Diaz, del resto alla caserma Bolzaneto, dal rosso sparso apposta che per vie misteriose risale alle tue arterie e ti appartiene.

Febbri di febbraio

Da qualche parte di là dal campo, sotto la verticale di una stella che non potevo vedere, mia madre stava friggendo alici infarinate. L'odore attraversava la cucina, poi il mare, superava mezz'Africa, tagliava l'equatore e mi arrivava fresco, guarnito pure di mezzo limone da spremere sopra.

I deliri delle febbri non sono vaghi, anzi meticolosi, aguzzi di dettagli. La testa diventa un congegno di orologio, batte sillabe di vita risaputa e persa. Intorno alla frittura di mia madre nell'emisfero boreale era inverno, mese di febbraio. Certo le mimose si stavano arruffando di palline gialle, sudavano vaniglia. Il ghiaccio irrigidiva il fango del cantiere, ancora l'anno prima per il freddo mettevo al mattino la tuta sopra i panni per attaccare il lavoro. Era l'altro febbraio di un altro mondo. Questo era di calore acido, un'acqua ragia che scioglieva il colore dal corpo. Sbiancavo goccia a goccia. Eccomi alla malora, cercata e guadagnata, eccomi alla febbre di malaria sopra una branda d'Africa, sotto una zanzariera che non mi proteggeva, però mi separava.

La sera precipitava alle sei in punto, non me ne accorgevo più. Tremavo sotto una coperta militare mentre ogni altro essere umano grondava di caldo dalla fronte. Buffo scherzo battere i denti all'equatore, buffo il corpo assorto dentro i suoi quarantuno gradi, mentre per tutti gli altri il termometro segna trentasei.

Febbraio, era febbraio, ma avevo smesso di saperlo, di contare i giorni. Battevo i minuti secondi nelle tempie. Gli occhi non riuscivano a guardare fuori, trasmettevano visioni, di rinfusa facce liete e poi spente dei tanti di noi morti a trent'anni, con peggiori avventure della mia, accompagnati da noialtri senza una parola di conforto, non per loro, ma per noi, i colpevoli di tutto, di un secolo intero di rivolte.

Eccoli i nostri a trent'anni, dopo dieci di lotte politiche fulminanti, morti di corsa, saltati dentro un buco d'eroina: che guizzo, che schivata alla legge di gravità e di ritorno alla normalità. Nessuno di noi reggendo a spalla il peso alleggerito del compagno, imparava da lui la grazia della resa, anzi induriva gli zigomi e calcava i passi. La cassa portata da noi diventava quella di un morto a bordo, pronta al lancio in mare.

Ora toccava a me, però non come loro: me ne andavo in disparte. Era solo malaria, buscata per volontà di raschiare l'ombra dal muro, questa almeno era la sentenza che mi batteva nelle tempie, senza lo sforzo di capirla. Mettersi a un servizio, consistere in un'opera: erano pozzi, pale a vento per tirare su l'acqua con l'energia dell'aria, serbatoi, fontane, insomma trascinare un po' di nuvole in terra, addomesticarle a una mungitura.

Toccava a me, ma non sarei passato sulle spalle di nessuno dei miei. Mi succedeva di ardere di febbri come una partoriente di setticemia prima che il Novecento scoprisse la premura della disinfezione. Morivo di una morte antica che sbatteva i corpi nel tremito come si scuote un panno dalla polvere. Cos'altro era quella vita in secca, se non polvere? Non il corpo era polvere, ma l'anima. Il corpo era acqua versata, l'anima il pulviscolo. Nei sorsi ficcati a forza in bocca inghiottivo ferro, carbone, sabbia di silicio, bevevo la scomposizione del corpo in elementi.

Da qualche parte nell'emisfero nord, febbraio portava il carnevale nelle strade, i ragazzi lanciavano manciate di farina sulle ragazze. Là dov'ero, le donne del villaggio l'avrebbero raccolta a cucchiaini grattandola dal suolo e dalla suola delle scarpe, scuotendola dai vestiti, leccandola dalla faccia con la scusa di un bacio. Andavano all'acqua con passo di cammello, tornavano con passo di giraffa tenendo il collo teso sotto il bilico della giara piena. Donne intorno al fuoco di sterpi, bambini appesi al collo, addormentati ai piedi, con le mani al mestolo a tritare polvere dal frutto di manioca, polenta che mi aveva sfamato e indebolito. Donne seppellivano uomini spolpati fino alla lisca, ora toccava a me, le corde della voce erano un filo di ferro arrugginito, che rispondeva un rauco "niente" alla visita di chi chiedeva se poteva fare, se mi serviva cosa.

"Si kitu", niente, le parole di una lingua di costa dell'Oceano Indiano mi avevano aiutato ad attecchire tra gli uomini, ad avere posto nelle loro voci la sera sotto l'albero maestro del villaggio. È buono raccontare storie in una lingua che ogni sera sforzi di allargare, aggiungendo vocaboli nuovi. Così anche le storie si ingrandiscono. "Si kitu", niente, era la buona parola, ultimo resto di un vocabolario che si era seccato come un pozzo, lasciando una corda a dondolare leggermente sopra il preciso niente.

Da qualche parte una donna aspettava risposta a una sua lettera: "Se non torni abortisco, ho già fissato l'ora in ospedale". Addio ragazza, le mie nozze sfumano, ti mando per saluto cartoline da una febbre panoramica, da una branda safari, con francobolli illustrati da antilopi e leoni, raggiungi il tuo ospedale volontario. Per allontanarla ficcavo le dita nel cavo delle ascelle, poi le portavo al naso, ecco veniva l'odore abbrustolito dei lacrimogeni, il frastuono di gridi in una mischia, colpi, qualcuno a terra, sono io, le guardie addosso, un varco tra di loro aperto da compagni che mi strappano alle mani, mi rimettono in piedi, in libertà. Rituffo le dita nelle ascelle, ecco l'odore dei lubrificanti bianchi che bagnavano gli utensili del tornio sulla pedana di fabbrica, ecco il taglio dell'acciaio sopra il ferro immorsato, il controllo del calibro, i riccioli metallici lucenti nell'arcobaleno dell'olio. E nessuna invidia per chi stava in quel punto al posto mio alle macchine della sgrossatura.

Una canzone di De André bussava alla fronte chiusa, portava la voce del ladrone in croce accanto a Cristo. Lui ladro senza resurrezione si rivolgeva ai vivi: "Stasera vi invidio la vita". No e non io; la febbre aveva spurgato i desideri, non lasciava residui di rammarico, non protestava distanza dalla vita svolta né voleva tornare in alcuna stazione, su nessuna pedana di fabbrica, in nessun autobus delle cinque del mattino tra uomini crollati prima ancora di attaccare il giorno al suo gancio da macello.

La testa sbolliva lontana, era soltanto una delle parti del corpo nel forno della febbre, aveva perduto centro e comando. "Se non torni abortisco." Non solo tu, pur'io abortisco vita, però a cosce strette, rannicchiate al petto, le braccia abbracciate, le dita nelle ascelle sotto il freddo.

Freddo, angelo mio custode delle notti di addiaccio, bentornato, grazie del viaggio fatto per venirmi a trovare fino in Africa. Freddo di nord ficcato insieme al fiato sotto le coperte, freddo di una stazione di arrivo in una città straniera in cui cercare tutto, da uno sciacquone a un posto di manovale, freddo di scale, freddo di donne, freddo di panchine, freddo sàldami le ossa che sbattono, stringimi forte, fammi fermare l'abbraccio di me stesso, già mi sono salutato abbastanza.

In dormiveglia rilasciavo la morsa, le braccia allentavano se stesse, non venivano sogni, ma passi, qualcuno mi toccava un polso, mi asciugava la fronte, i capelli bagnati, mi bucava un braccio, cerca pure, non troverai niente, si kitu, rafiki, niente, amico.

Sì che amo l'inverno e febbraio noce di ghiaccio, amo le nevi quando il vento le stacca a fagottini dai rami degli abeti e le congiunge a neve con la bussata di un bacio, amo febbraio che rosicchia luce al sole, lo trattiene di più giorno su giorno, amo febbraio che risale l'orizzonte, amo il pettirosso che ha resistito senza migrare a sud, amo il mandorlo che apre il fiore bianco di pupilla e lo sparge sull'erba scolorita dalla brina, amo la vita che continua senza di me, amo l'onda che passa a scavalcarmi, amo, spingo sul verbo amare, buttami fuori dalla parte sporca, sono pronto, non ho urina né feci, sono peso sgocciolato, al nudo, al netto, scaricato di colpe. Morirsene, credo, non è una condanna, morire è essere assolti. Con tutta l'ira della febbre io amo, amo il cuscino zuppo del mio odore, amo la zanzariera che imbozzola il mio corpo di larva, amo, amo.

Mai mettersi a pronunciare il verbo amare. Me lo davo per slancio di staccarmi, per caricare il tuffo e scalciare la vita con due colpi di tacco. Invece m'inchiodava di nuovo i piedi al suolo, i piedi, proprio loro per primi ritornavano indietro. Loro che anticipavano il corpo, sempre avanti: dalla loro pianta ripartiva il calore, l'asciutto. Spuntarono dalla coperta per uscire, volevano slegarsi e andarsene da soli a spasso sull'Africa, nudi sopra la terra rossa. I piedi già tornavano mentre la testa ripeteva la nenia: niente, si kitu, non mi serve niente.

E poi dai piedi il verbo amare risalì le ginocchia, risentii la vescica, l'impulso dell'urina, nessuna forza di spostarmi, così la versai nella branda tra le gambe, scura come il sangue, calda pure come. E le dita si tolsero dal cavo delle ascelle e le andarono incontro inzuppandosi dentro e vennero al naso a dare il nuovo annuncio, urina cioccolata, urina aceto, si scrostò la polvere dagli occhi e la prima messa a fuoco fu una faccia di suora nera, nera, ma bianca sulla cuffia e nella bocca che diceva: "Apona", guarisce, perché avevo inzuppato la branda, perché il verbo amare mi aveva rivoltato, ridandomi la vita, non la stessa, ma quella presa a un altro, perché si vive al posto, invece di qualcuno, il verbo amare aveva doppiato il capo di febbraio e il calendario annunciava il primo giorno di marzo dell'anno millenovecentottanta...

La gonna blu

Camicia bianca, gonna blu, con la divisa di scuola senza passare da casa di pomeriggio arrivava nel camerone e veniva nell'angolo in cui stampavo i volantini. Le piaceva la macchina, l'aveva imparata, mi dava il cambio per qualche ora. Con una punta disegnava sulla matrice le lettere più grandi, del titolo, le parole forti. Aggiungeva la figura di un pugno, di una stella. Le affidavo il ciclostile, era in buone mani. Se s'inceppava, lo sapeva aggiustare. Sulla panca le lasciavo le risme di carta già smazzate con le quantità fissate da consegnare ai militanti.

A quel tempo il volantino era il nostro giornale, riportava il fatto del giorno e la nostra voce sul dafarsi.

La ragazza con la gonna blu si metteva il mio camice, montava la matrice nuova, controllava l'inchiostro e faceva ripartire la voce della macchina e la nostra. Di notte spettava a me governare il ciclostile. Nello stanzone ancora affumicato dall'ultima riunione i giri del motore sputavano fuori i fogli a ritmo di carica. Nella testa assonnata accoppiavo il rumore a quello dei passi, alle sillabe di una canzone, così restavo sveglio.

Mi offrivo volentieri per la stampa notturna, in quel tempo ero ospite di un militante, della sua stanza stretta. Gli era capitato l'amore e di notte si abbracciavano forte. Non si impacciavano di amarsi mentre dormivo due metri più in là. Restare nel buio a sentire i colpi e i fiati commossi di due che si amano, senza il desiderio di avere il proprio turno, potevo pure, ma era più utile dar retta agli stantuffi del ciclostile anziché a quelli dell'amore altrui. Perciò di notte giravo volentieri intorno alla minuscola rotativa, marca Gestetner, del nostro gruppo di agitati politici.

Spuntati tutti insieme dentro una generazione, manco ci fossimo dati appuntamento in culla: tra diciott'anni in strada. Pasolini la chiamava eccedente, quella generazione, un sopravanzo dovuto alla scoperta degli antibiotici, non provata da alcuna selezione e infoltita dall'eccesso di nozze del dopoguerra. Non era granché come spiegazione ma almeno lui se lo chiedeva: da dov'eravamo spuntati fuori noialtri estranei, dissimili da tutto? Non avevo da rispondere, ero tra gli spuntati e mi mancava la distanza di un punto di osservazione. Per spirito di contraddizione mi procuravo un pensiero diverso dal suo e dalla provvidenza della penicillina. La nostra era la prima generazione d'Europa che a diciott'anni non veniva presa per la collottola e sbattuta in guerra contro un'altra gioventù dichiarata nemica. Era la prima che si scrollava di dosso le conseguenze catastrofiche della parola patria. Perciò eravamo patrioti del mondo e ci impicciavamo delle sue guerre. Su gran parte di quei volantini era scritto il nome di un lontano paese dell'Asia: Vietnam.

La ragazza con la gonna blu lo tracciava con uno stampatello punteggiato, da farlo sembrare cucito sulla carta. Disegnava la bandiera per amore della sua stella. Tra noi c'era un poco d'intesa, era un tempo buono per stabilirle, contavano poco la differenza di reddito, d'istruzione, di età. Mi raccontava qualcosa della scuola, le piaceva la chimica.

"Oggi ho studiato l'ozono, si forma intorno ai fulmini, è blu, pizzica il naso." E poi all'improvviso: "Tu ci andresti a combattere laggiù?". E io: "Pure subito". "Ma sai sparare?", "No". "E allora?", "Imparo, come hai fatto tu con il ciclostile".

Restava un poco sui pensieri poi tornava al punto: "E la paura?". "Sono un rivoluzionario," dicevo, "la paura la devo scacciare." "A me la paura viene pure dentro le cariche della polizia, scappo, penso ai miei genitori che non s'immaginano niente. Non credo di essere rivoluzionaria."

Non sapevo rispondere alla ragazza e poi sbagliavo a dire: rivoluzionari non eravamo noi, ma il tempo e il mondo intorno. Noi assecondavamo il moto di scardinamento generale di colonie e imperi. Con tutta la sproporzione tra noi e il dafarsi, pure vedevamo crescere il numero dei volantini da distribuire e dei volontari venuti a ritirarli. Le scuole erano affamate di quei fogli, le scuole erano in subbuglio permanente, non c'erano quadrimestri sì e quadrimestri no, era tutt'un'assemblea da ottobre a giugno. "Se non sei rivoluzionaria, chi sei?" "Una che aiuta la giustizia, che sta con la gente oppressa dalle mancanze e dalle prepotenze." "Allora sei una che vuole aiutare il prossimo?" La mia domanda era stonata in una sede e in un pomeriggio di rivoluzionari. Se ne accorse. E stette zitta, e pensai di averla offesa. Invece si girò verso di me, perché stavamo a fianco, e disse, appena più su del motore del ciclostile: "Ma tu non vuoi essere per una volta il prossimo per qualcuno?". Tolsi gli occhi da lei, credo che mi confusi con le mani.

Frequentava un istituto privato, ne portava la divisa fino alle scarpe e ai calzettoni bianchi, che però si toglieva arrivando allo stanzone nel quartiere di San Lorenzo. Metteva calze di nylon e mocassini. Del suo istituto lei sola e di nascosto si era messa a partecipare delle mosse e delle ragioni di una gioventù squietata e sparigliata, nemica dei poteri costituiti, scossa dai casi del mondo. In segreto portava un poco di quei fogli dentro la scuola a suo puro rischio, senza nessuna speranza di coinvolgere. E aveva dubbi se era rivoluzionaria? Il grado di rottura dentro l'ordine sociale di allora non era misurato su persone pronte a partire per un fronte, ma da cittadini come lei che si mettevano a sabotare poteri nei posti più strani e difficili. Il grado di febbre di quell'Italia non era dato dai surriscaldati, ma dal polso dei miti, dei pacifici che collaboravano alle rivolte. Quando azzardano le educande, un paese è prossimo all'incandescenza.

La gonna blu, la camicia bianca, le calze di nylon, i mocassini e i modi: era elegante in paragone al resto di noialtri. Questo mi piaceva: che non volesse mettere una seconda uniforme, quella dei rivoltosi.

Aveva simpatia per me che venivo dal sud e avevo l'aria spaesata degli emigranti, che un paese non l'avranno mai più. Disegnando sulla matrice il pugno diceva che ricopiava il mio. Non mi permettevo confidenze però le guardavo la gonna, il bel colore blu mi dava pace agli occhi troppo fissati al bianco e nero dei ciclostilati sotto la luce al neon. Non era il blu delle tute operaie che uscivano all'aria aperta dalle officine per uno sciopero improvviso. Quello l'ho avuto addosso e l'ho imparato dopo. La sua gonna era il blu che circonda la lampara nella pesca notturna al calamaro, al tòtano. Era il blu che avvolge la luce e l'accompagna mentre affonda in mare.

Prima di darci il cambio uscivamo a bere un caffè. Il quartiere era fitto di botteghe, tipografi, marmisti, falegnami, sarti, calzolai, c'era sempre qualcuno in pausa che attaccava discorso con noi al bar. E non era lo sport e nemmeno le piogge l'argomento, ma qualche avvenimento e cosa doverne pensare. Chiedevano volentieri un parere a quella nuova gioventù che aveva deciso di averne uno separato e suo sopra qualunque e qualsivoglia cosa.

Premessa era ribaltare, mettere il sotto sopra. Era un'insolenza metodica e portava conseguenze. La questura veniva a perquisire, a identificare, a denunciare alla magistratura. Una di queste occasioni fu brusca e c'era pure lei nello stanzone. La sorveglianza spontanea del quartiere aveva fatto in tempo ad avvisare dell'arrivo della colonna. Nascosi in un appartamento vicino il ciclostile, l'unico tesoro da salvare. Eravamo in pochi e fummo strapazzati. Il funzionario era scontento di non poter sequestrare niente e decise di portarci in questura.

Mentre avveniva il trambusto che serviva a intimidire anche il quartiere, lei restò irrigidita, pallida di paura ma pure di disgusto per l'esibizione di calci a sedie e tavoli e ordini di mettersi faccia al muro strillati nelle orecchie, con l'accento meridionale ch'era il mio eppure così opposto al mio. Il funzionario si accorse di lei così diversa, le chiese in altro modo i documenti dicendo: "Signorina che ci fa qua dentro, lasci perdere questi quattro delinquenti e se ne torni alla sua casa ai Parioli". La lasciò andare. Lei intanto era passata dal pallido all'accaldato, al rosso di uno sforzo di frenare con tutti i muscoli della faccia le lacrime sul bordo degli occhi. L'attenzione del vicequestore la separava da noi. Si vergognava del privilegio di potersene andare e si vergognava pure del sollievo di non trovarsi i genitori convocati in questura a riprendersi la figlia minorenne. Tra le divise degli agenti vidi uscire la sua gonna blu. Se volle con gli occhi salutarmi non posso saperlo. Guardavo il bordo della sua gonna scomparire nel buio del cortile.

Così viene spenta la lampara, si dilegua il blu e gli occhi

per un po' stentano al buio. Quando intorno c'è concitazione a me vengono pensieri lontani. Così dev'essere successo molti anni dopo a Carlo Giuliani col suo estintore da restituire.

Quando uscimmo impacchettati per salire sul furgone, s'era intanto riunita un po' di buona folla di San Lorenzo, uscita di bottega, zitta e seria, affacciata ai balconi. Niente traffico, la via era bloccata dall'operazione di polizia, niente chiasso, la gente stava muta e circondava quelli che circondavano noi. Saremmo tornati di lì a poco, più ribaditi ancora al nostro posto, ma lei no. La ragazza con la gonna blu si staccò quel giorno e chissà chi l'ha meritata tra le braccia.

Aiuto

"Ha bisogno di aiuto?"
"Di uno che mi uccide."
Alla risposta mi fermo del tutto. È più accovacciata che seduta in terra sul bordo del sentiero. La posizione compressa, da mal di stomaco, mi ha tirato fuori l'offerta di aiuto. E poi in montagna si usa. E poi lei attira, però questo l'ho visto alla risposta quando mi alza in faccia una faccia di sposa persa sull'altare. Mi fermo, non pesa lo zaino leggero di una giornata in giro per cime senza corda e ferraglia da scalata. Non mi accosto ancora, mi volto e ripeto: "Di uno che l'uccide. Di uno che l'ama fa lo stesso?". Una che risponde buffa e agra ha bisogno di uno spudorato.

"No, di uno che mi uccide. Un assassino si trova, un uomo no." Questa è rivolta al genere maschile e a me che sono il solo nei paraggi. "Sono un assassino. Ho con me un buon coltello, se vuole ci appartiamo e la sgozzo."

Abbassa gli occhi dalla faccia alle mani per cercare conferma.

"Gratis?"
"Sì."
"Generoso."
"Siamo in montagna, c'è più solidarietà che a fondo valle."

Finalmente sbuffa in un sorriso e poi in lacrime.

Mi tolgo lo zaino, mi siedo a terra un metro vicino, faccio un respiro forte, equivoco, tra la compassione e la scocciatura.

Smette, dice grazie.

"Di che?"

"Di non aver detto niente, chiesto niente."

"Venga in montagna con me, le passa tutto."

"Non così in fretta," dice per intendere che vado troppo svelto in confidenza. Fingo di capire a rovescio: "Garantito: le passa tutto proprio così in fretta". Mi guarda a sopracciglia infuriate. Perciò insisto: "Lei domani sera sarà così piena di Alpi nelle ossa, dai piedi ai capelli, da dormire in pace con il corpo, cuore compreso". Non reagisce. Le dico il mio nome. Reagisce: "Un'imprudenza per un assassino".

"Se è il mio, sì." Non le do tempo e chiudo: "Sto al rifugio del passo Duran, domani alle sette m'incammino per fare il giro delle cime della Moiazza. Se non trova nessuno prima, io l'aiuterò". Mi alzo tiro lo zaino sulle spalle e proseguo.

Al rifugio San Sebastiano mi scrollo la stanchezza sotto una doccia a idrante. Infilo la camicia di lana a scacchi bianchi e blu. L'ho comprata dopo aver letto un racconto in cui era importante. In montagna porto sempre quella. L'ho presa da un libro, è calda e letteraria. Mi fa rigovernato e a posto per la cena.

Alle sette di sera viene l'ora muta per i monti, si va a mensa. Fuori c'è il vento che perde nuvole, alla finestra ne guardo una che non ce la fa a scavalcare il monte e ci finisce addosso, sfasciandosi, fasciandolo. Dovrebbero fare come le bolle di sapone che scoppiano al contatto. Invece fanno ovatta. Sto a un tavolo vicino al vetro, così ho da guardare fuori anziché in sala. Sono solo, in montagna va bene, al cinema pure. Così non mi accorgo che è entrata e sta parlando con il gestore. Ha preso un letto nella camerata e mangerà con me se non disturba. Me lo dice dopo essersi seduta.

I vetri quando pigliano le prime gocce fanno chiasso perché sbattono sul loro asciutto, poi si bagnano e fanno meno rumore e resistenza. Glielo vorrei dire, all'improvviso sono allegro come un vetro appena bagnato. Non è il caso, l'ho vista sputare singhiozzi a un metro da uno sconosciuto, ci manca pure che la festeggi.

"Passa in fretta?" chiede, per dire qualcosa.

"Prima del tramonto."

S'informa sul percorso. È uno sterminio di energie, rispondo, poi torno serio e m'informo sulla sua attrezzatura. Le manca il casco e l'imbracatura. Ne ho in macchina un paio di riserva.

"Un assassino previdente," dice.

"Ma sì, nel mio genere premedito."

"Sono disperata."

"Non c'entra la salute?"

"No, non c'entra."

Mordo la bocca per non rilasciare la battuta di Totò: "Quando c'è la salute...". Lo sforzo mi comporta un prurito al naso, me lo stropiccio, faccio un paio di smorfie.

"Una faccia da montagna," dice.

"Grazie del complimento."

"E la mia com'è?" s'azzarda a chiedere.

"Di sposa mandata sola all'altare."

"Più complicato di così, però va bene," e aggiunge il mio nome. Non reagisco. "Non ti chiami così?"

"Mi chiamo così e non sprecare forze con i dubbi, non ti dirò nessuna bugia."

Mastichiamo affamati, io dal giro del giorno sulle rocce, lei da qualche pasto saltato. Un po' di vino le scotta le guance.
"Non hai più la faccia di sposa, ora di contadina."
"Che mestiere fai?" chiede.
"Scrivo storie, poi le vendo."
"Sei uno scrittore?"
"Uno che fa lo scrittore."
"Il cognome?"
Lo pronuncio con rassegnazione.
"Non l'ho mai sentito."
"Appunto."
"Allora non sei un assassino?"
Bevo un sorso.
"Almeno il coltello ce l'hai?"
Lo cavo di tasca, glielo metto sul tavolo vicino alle posate.
Lo prende, lo apre, lo chiude. Poi fa la mossa di passarselo sulla gola. Lo rimette giù seccata di aver fatto una cosa scherzosa.
"Sei un uomo?" e non aspetta risposta, già sbatte contro un pensiero suo che l'appassisce. "Non ce la faccio," dice.
"Con l'imbracatura e il casco rosso domani ce la farai."
"Se è vero mi salvi la vita, ma non può essere vero." E per sbandare un po' via dai pensieri aggiunge: "Salvata da un assassino".
Mi fa piacere che ha già dimenticato l'altra mia qualifica.
Intorno a noi voci di una comitiva di anziani tedeschi aiutano a conservarci in disparte, in un posto straniero.
Faccio l'aria citrulla che mi viene bene e dico: "Dove siamo finiti stasera, in una birreria fuori Monaco tra i tigli?".
"Non mi fare viaggiare, non mi spostare, sono salita qua sopra per togliermi. Lo capisci questo verbo: togliersi? Io lo capisco da poco."
"Togliersi, mi piace: togliersi, estrarsi come un dente dalla mascella, sì, ci sto, ma se vuoi dire banalmente togliersi dal mondo, allora puzza di muffa, è usato e non ti può servire."

"No, per quello mi serve uno che mi uccide."
"L'hai trovato. Domani sera o tu o il dolore, uno dei due non ci sarà più."
"Affare fatto."
"Una fetta di torta di mele?" chiedo.
"No, troppa grazia."
"Allora domattina," insisto, "perché raschieremo il fondo alle energie, perciò dobbiamo averle."
"Ho energia di collera da vendere."
"No, quelle sono tossine e le espellerai con la prima maglietta di sudore. Portatene tre." Mi guarda seria per vedere se scherzo.
"Non ti dico bugie."
"Mi chiamo..."
"Non me lo dire. Domani sera se avrai voglia di dirlo, mi piacerà ascoltarlo." Si offende. Le ho fatto torto a non ricevere il nome. Si alza, dice appena: "Alle sette". Confermo con la testa. Non so che mi piglia a volte di scartare come un asino dalle confidenze. Resto seduto, guardo fuori, che fesso, penso, di che vado a impicciarmi? Di quello che ti mette innanzi il viaggio, mi rispondo seccato dalla mia domanda: e bada d'impicciartene bene. Metto le mani in faccia a stropicciarla e lascio andare il rutto custodito a oltranza per l'intera cena. Pago il conto, mi accorgo che è per uno. Anche il vino ha diviso.

È più stanca di ieri, le sette non sono una sua usanza. Beve a occhi chiusi da una tazza robusta, infila a buoni morsi lo spicchio di torta di mele. L'aspetto fuori dove le nuvole stanno ancora accovacciate sui monti. Quando le scotta il sole e non possono restare in basso, allora scappano su. Le racconto qualche mossa del giorno per fare compagnia ai primi passi. Lei segue i miei sbuffando. In salita appoggio a terra mezzo piede, la punta e poco più. Dà più spinta e mantiene il corpo dritto. È l'ora dell'osso metatarso, osso di andata. Un'ora dopo raggiungiamo l'attacco della via ferrata. Infilo la mia imbracatura per primo, così lei vede come si fa e non devo calzargliela io. Riduco al minimo le mosse di intimità fisica di una giornata in cui toccherà stare più vicini di ieri. Da sola infila l'imbracatura, gliela chiudo davanti e fisso la fettuccia con il moschettone. Lo dovrà far scorrere lungo il cavo di acciaio che accompagna i tratti difficili della via di salita. Si calca in testa il casco senza una mossa di riassetto dei capelli. Li guardo scomparire, lisci e prigionieri. Ne spunta un ciuffo avanti. L'attacco della ferrata è brusco. Si parte con un traverso in salita poco aiutato da appoggi per i piedi. Inizio io così vede i primi metri.

Prova, non riesce, scivola, resta appesa.

"Non ce la faccio, non riesco neppure a partire. Lasciami qui, vai tu."

"Senza di te oggi non vado per cime. Ti aiuto a partire. In alto il seguito è più facile." Scendo. Mi metto dietro a lei, le copro il vuoto e la sostengo scaricandole il peso. Subito impara a puntare bene i piedi e a guadagnare metri. Sulla parete formiamo la compatta figura di uno scarabeo. Lei si attacca con le mani al cavo di acciaio e io la raddoppio alle spalle. Con andatura a otto zampe superiamo il tratto e lo scoraggiamento. Lei si appoggia parecchio addosso a me. Sudo, sbuffo, funziona. "Stai comodo?" chiede per scherzo.

"No, ma tra poco finisce il traverso."

"Peccato, mi sto divertendo, mi sembra di non portare peso." Lo scarica nell'ansa tra il mio bacino e il petto.

"Ecco fatto," le dico alla fine del tratto obliquo, "ora si sale dritti, è più facile. Ci mettiamo in fila, la più piccola fila del mondo, due in tutto. Lo scarabeo si trasforma in bruco, tu vai avanti, io sto sotto, controllo l'appoggio dei piedi. Tu pensa sempre al moschettone e al cavo."

Così partiamo verso l'alto, dentro un catino di rocce che rimbalzano in su e non mostrano cima né fine.

"Non si vede dove arriva," dice.

"Siamo bassi, neanche fra due ore di salita la vedremo."

È snella, ha preso gusto al movimento, sale più con le rocce che sul cavo. Produciamo vuoto sotto i piedi. La scalata è una fabbrica di metri sopra metri, un accumulo d'aria. Quando il cavo smette e bisogna fare dei tratti da slegati per raggiungere l'ancoraggio seguente, guarda sotto: "Questo è togliersi, no?" dice. Non rispondo, per me questo è mettersi. Darsi alla materia prima minerale, misurarla con la punta delle dita, mettersi al vento, alle pietre, chiedere passaggio a tutto, pure alle nuvole.

Suda. "'Sto casco mi cuoce il cervello, peggio che dal parrucchiere. Mi potevo mettere i bigodini." Parla da sola. Sa che la ascolto, che sono un metro sotto, ma fa senza di me.

Dopo un lungo tratto in salita verticale, c'è di nuovo un traverso difficile. Stavolta vuole fare tutto lei. La precedo e le risparmio solo i movimenti del moschettone, così da non lasciare le mani dal cavo. Ha la fronte increspata di sforzo, un broncio di concentrazione sulle labbra. Non sta pensando a niente altro, a questi metri duri da passare e basta. La scalata ritorna verticale, lei ritrova il fiato e saliamo in fila svelta lungo la bastionata a mezzogiorno.

"È bravo il nostro bruco," dice. È bravo, è appena nato e già sa dove andare. Nessuno di noi aggiunge che potrà diventare farfalla. È certo che pensa anche lei alla battuta, ma se la tiene. Restiamo un bravo bruco, questo serve adesso.

Dopo tre ore siamo sulla Cattedrale, questo è il nome di una delle cime. Facciamo pausa. Abbiamo sulla testa nuvole e schizzi di cielo, la liberiamo dal casco. La testa al primo vento sfiata i pensieri chiusi, entra aria tra i capelli, piacere di arruffarseli, sgranchirli. Mangiamo un pane con quadratini di cioccolata nera. Morsi carichi di appetito, ingoiati svelti, il fiato profuma di cacao. Uccelli della cima bussano a briciole con gridi stridulini, ne lanciamo, le raccolgono a saltelli. Chiede nomi di monti, glieli addito, anche la Moiazza in fondo a un'altalena di creste.

Mi chiede di voltarmi. Cambia la maglietta. Mentre è nuda il sole apre bottega sulla Cattedrale, scansando nuvole pezzate. Scalda e asciuga. Lei si stende, le passa un'ombra in faccia, non so se è il cielo oppure un pensiero: in piedi, zaini in spalla, si continua, dico brusco per togliersi di lì. Meglio non raffreddare i muscoli, oggi noi siamo loro. Obbedisce. Scendiamo per le rampe sbriciolate della Cattedrale a forza di fulmini. I fulmini sono bambini che cercano l'anima dei giocattoli a colpi di martello. Ma quella non sta sotto crosta, se esiste è in superficie dove striscia il nostro bruco a due. Se esiste è nella corrente calda che spinge i gracchi verso l'alto ad ali ferme. E questi sono pensieri da discesa, rotolano da soli. Lei invece inciampa per guardare intorno, sento le suole grattare il brecciolino, scivola dietro di me, mi volto e la fermo con il braccio: "Guarda in terra e muovi passi corti in discesa, che se perdi un appoggio lo ripigli, passi corti, da bruco".
"Signorsì."

E così avanza il giorno per creste, discese, risalite, passaggi in traversata su costoline di tracce disegnate appena sulla ruga del vuoto. Oggi ce la fa, oggi è giorno di precedenza alla vita. Se vuole qualcuno che l'uccide, c'è pronto il salto, basta il passo falso. Oggi è turno di vita, percorso da completare netto senza errori, oggi noi siamo cavalieri senza sella di noi stessi. La prateria si è solo spostata d'inclinazione diventando muraglia.

Sulla cima Moiazza, toglie la seconda maglietta, mette la terza senza chiedere di voltarmi. Guardo da un'altra parte, sbircio a ovest da dove arriva il temporale, quando arriva. Di solito lo avvisa una virgola di nero, più macchia che nuvola, ma oggi no, galleggiano sui monti solo grappoli di condensa.

Le sue mosse sono diventate più pesanti di fatica, si toglie le scarpe, è stanca, senza spina di pena, solo stanca. La sua ombra va e viene, sbatte al vento, scompare. Restiamo un poco sulla cima a richiamare forze per la via di ritorno. Poi un passaggio su un filo di cresta, due venti di salita dai versanti opposti scombinano l'equilibrio, danno qualche spintone. Serriamo il nostro bruco, le sue mani appoggiate sui miei fianchi, il suo moschettone agganciato al mio. Il giorno punta in discesa, lo seguiamo perdendo quota nel lungo giro che riporta indietro per altra via. I passi corti si distendono su tracce migliori, più comode, mettiamo tra noi qualche metro. In discesa dimentico. Ritorno nel cesto da cui sono uscito. È l'ora del tallone, osso del ritorno, a lui spetta di appoggiare il passo che riporta indietro. E questo è togliersi.

Arriviamo muti ai cameroni. Sono finite dieci ore di giro e siamo vuoti. Lavarsi e mettersi a una tavola per rinfrancarsi. Ci ritroviamo alle sedie della sera prima, dopo una strofinata d'acqua fredda. La calda l'hanno consumata quelli arrivati prima. Lei è sotto buona lana, ha freddo. Ho addosso la camicia a quadri e bevo piano una birra abbondante. Non diciamo niente. Lei sorride a qualche boccone che le piace. A buon punto di caldo e sazietà chiede a che penso. "Alle montagne di domani." Fa uno sbadiglio che mi procura un sorriso.

"Grazie," dice.
Per risposta la guardo.
"Non ero mai salita su una cima scalando."

Quante cose posso dire, anche soffiare sulla gratitudine che sta nelle stanchezze pulite, quante cose per avvicinarmi. Nessuna passa, resto a mani chiuse, abbasso gli occhi. Lei si alza, mi posa un bacio sulla testa reggendola tra le mani, "Buonanotte," dice.

Il giorno dopo parto al primo chiaro, cambio valico e valle in cerca di un'altra salita a quattro zampe. Le lascio un biglietto: "Non lavare le tue tre magliette sudate. Buttale, è acqua passata".

E ora scrivo. Al posto di qualunque altra cosa possibile ho per rimpiazzo e avanzo la scrittura. Che fesso.

La camicia al muro

Amore e Roma, in enigmistica si chiamano palindrome le parole e le frasi leggibili anche al contrario. Mi accaddero entrambe con forza di primizia lontano dal mio luogo. Diciotto anni, dal primo all'ultimo ho vissuto nella città di nascita, Napoli, da sterile, senza amare nessuna ragazza nei quartieri dell'adolescenza. Solo nell'isola di fronte, un'estate, mi spuntò amore per una ragazza di Roma. E quando a diciotto anni evasi dal mio luogo di fondamento e sud, andai in quella città, perché mi era restato amore, poco, però buono a far girare da quella parte uno che si scioglieva dal suo centro ed era equidistante da ogni stazione di arrivo.

Lei era già grande, studiava architettura, fumava. Io mai capace di tabacco, derivati e affini, mi ero scrollato di dosso studi, case, famiglia, città. Ero spaesato e spiritato. Ci sono decisioni prese in età aspra che non cedono più, conficcate in chissà quale osso.

Come molti arrivati senza invito, Roma fu all'inizio ferrovia. Nei suoi paraggi trovai brande in camere mobiliate, insieme a sconosciuti. Non sono mai stato così solo, una buona condizione per innamorarsi o perdersi. Non fui disperso perché intorno c'era una strana collera di gioventù, politica, ma niente da mischiare con partiti. Spartita, irregolare, senza congressi, affiliazioni, tessere, aveva per campo la strada e per parlamento le assemblee. Sbatteva contro polizie, tribunali, prigioni. Fui dei loro perciò non mi sono disperso. Mi sono innamorato, non della prima, dell'isola, ma della sorella, sedici anni, spaventosa di volontà e bellezza. Aveva mani spellate da un malanno, il solo che ho amato. Veneravo quelle dita screpolate, rosse, indolenzite, non l'ha creduto mai. Fosse stata lebbra gliel'avrei leccata per appiccicarmela alla lingua, fosse stata morte l'avrei voluta io. Meno di questo, l'amore non è niente.

Succedeva l'anno millenovecentosessantanove, più duro e lungo dell'annata di assaggio sessantotto. Dei giovani cominciavano a pensare a se stessi secondo biografie di rivoluzionari del primo Novecento. In molti imparavamo il pianto artificiale dei lacrimogeni, le zuffe delle cariche, i colpi e il buffo trasporto in gabbie da polli, i cellulari. Chi ero, cosa potevo dire di me: niente. Non ero di niente e di nessun luogo. Ero uno dei molti, che a volte erano pochi a contarli in un cortile di questura, in mezzo a un'indurita rappresaglia di uomini in divisa. Ero uno, anche meno di uno. Però amavo. Amavo la ragazza dai capelli lisci, messa di profilo in una fotografia di primavera ai fori romani, una nostra passeggiata. Amavo la ragazza che mi aveva accolto nelle spalle larghe, come fa, con una barca, una tempesta.

Mi contavo i muscoli, le ossa, com'ero poco, mi contavo gli anni, le monete: come potevo tenerla? Lei cresceva, era un'estate di fichi d'India e una catena di baci esauditi. Non avevo altro da desiderare oltre l'uscio dei baci. Più della libertà ho aspettato il minuto bollente in cui quattro labbra sospendono il respiro e si mischiano per gustare se stesse attraverso altre due e si confondono per appartenersi.

Lei stava in casa, io in stanze, ci s'incontrava raramente soli. I baci non sono anticipo d'altre tenerezze, sono il punto più alto. Dalla loro sommità si può scendere nelle braccia, nelle spinte dei fianchi, ma è trascinamento. Solo i baci sono buoni come le guance del pesce. Noi due avevamo l'esca sulle labbra, abboccavamo insieme.

Era inverno e stavo in una stanzetta, la prima in affitto, vicino a Villa Ada. Avevo inchiodato al muro una camicia. Si aprivano i bottoni e dentro c'erano due fotografie, sue. Mi venne a trovare di nascosto, ero ammalato. Sbolliva addosso a me una qualche febbre spessa, prepotente. Aprendo la porta mi sono tenuto forte alla maniglia. Mi ha preso stretto, come abbracciare inverno, brividi battenti, marmo dentro i piedi. Non c'era riscaldamento, ma me ne sono accorto in quel momento. Il corpo era duro di freddo, mentre avrei voluto nelle vene più cioccolata che sangue. Mi tenne nel suo cappotto di pelle di montone foderato a lana. Chiuse la porta col tacco e mi spinse all'indietro verso il letto senza allentare l'abbraccio.

Mi stese, poi si tolse i panni lasciandosi una veste bianca, lieve. Entrò nel buio delle coperte e mi coprì tutto il corpo col suo. Stavo sotto di lei a tremare di felicità e di freddo. Le nostre parti combinavano una coincidenza, mano su mano, piede su piede, capelli su capelli, ombelico su ombelico, naso a fianco di naso a respirare solo con quello a bocche unite. Non erano baci, ma combaciamento di due pezzi. Se esiste una tecnica di resurrezione lei la stava applicando. Assorbiva il mio freddo e la mia febbre, materie grezze che impastate nel suo corpo tornavano a me sotto peso di amore. Il suo teneva sotto il mio e il mio reggeva il suo, come fa una terra con la neve. Se esiste un'alleanza tra femmina e maschio, io l'ho provata allora.

Durò un'ora, di più di ogni per sempre. Prima di andare rise della camicia al muro. È la mia crocifissione abbottonata. Non glielo dissi che dentro c'era lei. Non venne più. L'inverno ci staccava. Era venuta per lasciarmi e invece s'era stesa a guarirmi. Le cose migliori dell'amore accadono per caso, si capiscono dopo. Credevo che quella visita era inizio per noi di più vasta vita insieme, era termine invece. Credevo al dopo ed era il prima. Mi sbattevano in testa a colpi di campana le sillabe del poeta spagnolo:

"Per andare al nord, andò al sud. / Pensò che il grano era acqua / si sbagliava. / Pensò che il mare era cielo / e la notte la mattina. / Si sbagliava. / Che le stelle erano rugiada / e il caldo una nevicata / si sbagliava". Un cantante da noi aveva messo sotto musica questi versi. La musica, come il sale, conserva meglio. Mi sbagliavo e intanto guarivo dall'amore, dai suoi attacchi di felicità. Mi abituavo alla città, una conduttura che perdeva amore da tutte le fontane. La attraversavo con gli occhi che avrò di nuovo da vecchio: Villa Ada era piena di bambini e di madri che non mi riguardavano.

A quel tempo gli operai della mensa universitaria e gli studenti avevano deciso che chiunque poteva andare e mangiare, anche senza tesserino. Con trecento lire ero al riparo. La febbre e il digiuno erano finiti, mi nutrivo a via De Lollis insieme ai molti che inventavano diritti nuovi, togliendoli ai poteri. La città era messa in discesa per noi che scendevamo in piazze di centro e di periferie, circondati da truppe che non temevamo più.

A qualche manifestazione, dentro mucchi di noi, l'ho rivista qualche volta. Si era sposata presto. Diventava una donna, una, e ne aveva contenute molte e io le avevo conosciute. Avevo amato le sue molte ragazze che si provavano i vestiti da donna nell'anno dei baci. Più tardi ho amato qualche altra con lo sbaglio che fosse ancora lei. Pretendevo quello sbaglio per potermi innamorare.

Me ne andai di corsa dalla stanza in affitto qualche anno dopo senza portarmi dietro neanche una mutanda. La camicia inchiodata ai polsi restò lì, di nessuno. E forse è giusto andarsene così, svelti, inseguiti. Ma questo fu dopo, quando s'induriva l'odio civile e i sangui nostri e altrui non facevano in tempo a seccarsi.

Nella furia dei lutti dimenticai la ragazza che mi aveva tenuto dritto nel suo cappotto e si era staccata da me per diventare una donna. Roma era piena di guerra. Chi dice ch'era inventata, l'ha invece disertata. Non era obbligatorio battersi, ma c'era di che. Quella generazione dei molti non bandiva arruolamenti, si bastava. Non aspirava a maggioranze, spostava il carico con strappi di minoranza. Non mi manca perché non si è mai tolta dai pensieri. Né mi manca quell'ora di resurrezione sotto il corpo della ragazza amata. Io l'ho avuta quell'ora sconfinata. Io l'ho avuta.

Una cattiva storia

Oggi so che anche da vecchio sono rimasto cattivo.
Ero andato a Cima Dieci, un cucuzzolo di tremila metri che si sale a piedi e ha un ultimo salto di roccia su cui bisogna mettere anche le mani. Un cavo di acciaio accompagna l'indeciso fino in cima. La giornata era sincera, salivo coi sandali, che sui tratti più morbidi tolgo per andare scalzo. In vecchiaia mi sono inselvatichito, lascio più aria al corpo. Sono ancora agile ma non ho voglia di sembrare arzillo, preferisco l'adagio, che mi fa leggero.

Avevo superato nel cammino diverse comitive. Esse parlano. Ne hanno bisogno anche affannando. L'assolo del respiro li spaventa. Soffrono di vertigine in bocca. Saluto con la mano, niente voce.

Le nuvole di valle risalivano rinfrescando il fiato. È l'ora in cui avvolti dal loro vapore gli incerti già insaccati nelle imbracature si suggestionano dell'ombra e decidono di rientrare per timore di un temporale. "Non sarà la perturbazione?" dicono, e tanto serve a scoraggiarsi. Si accorgono poi che la giornata è folgorata da un sole a martello e si consolano con qualche saggezza: "Sì, ma la prudenza non fa storpio nessuno".

La nuvola sale e mi accompagna nell'ora di avviamento. Sento la buona spinta nelle viscere e mi fermo a svuotare sulle ghiaie. I cittadini quassù si vergognano e vanno a farla in qualche anfratto. Così la pioggia non la può lavare e quella resta secca. E la trovo là quando il temporale mi coglie e vado a un riparo.

Cima Dieci sta a più di tremila metri ed è la più alta in giro. Alla base degli ultimi cento dove comincia il cavo, due ragazzi cercano di persuadere una ragazza a fare lo sforzo. Mi avvistano e allora si decidono. I cittadini in montagna vedono uno che si avvicina e accelerano, quelli di su invece danno la precedenza volentieri allo svelto per non averlo dietro.

Saltano in tre sul cavo, la ragazza in mezzo. Non vanno. Mi accodo, poi, siccome stanno avvinghiati al cavo, passo dove non c'è. La roccia è perfetta, si fa scalare ovunque. Arrivo in cima, non sotto la croce, ma qualche sasso più in là. Il giorno è buono, le nuvole di valle sono tutte salite e stanno accovacciate sulle cime, come le mucche sazie. Tolgo i sandali e metto i piedi nudi sulla pietra di cima. I gracchi planano sui sassi intorno.

Sotto la croce delle persone fanno tra loro fotografie, scrivono sul libro di vetta. Non hanno niente per gli uccelli. Non sta bene. Quassù siamo ospiti dell'aria e dei suoi naviganti. Ogni colpo di ala ha più diritto ed eleganza del più esperto passo. Bisogna portare qualcosa in omaggio alle ali nere, anche un avanzo di cibo. Taglio la buccia al formaggio, la taglio grossa e con un richiamo da scugnizzo, uno schiocco di bocca, li avviso e poi lancio di sotto. I pezzi di buccia cadono un poco più giù, i gracchi vanno a prenderli. Dalla croce mi guardano. Ma sì, sono il guardiano degli uccelli, salgo per dargli la razione. Finisco il pane e la fetta di cacio, poi mi stendo a guardare il soffitto. Oggi il capomastro ha caricato il blu dentro la mescola, è così fitto da spicciare lacrime.

Guardo il cielo da bambino, da quando la postina mi disse che a guardare sempre i boschi gli occhi pigliano il verde. Lei ce li aveva neri a forza di leggere gli indirizzi. Io per tenermeli chiari ho cominciato a fissare i cieli. È tanto tempo che viaggiano sugli occhi, attraversano il loro campo, scavalcano le ciglia. Che fortuna starsene sotto il loro gratis, non vedere un muro, una serratura, una siepe. Sono vecchio e non capisco più guardie né ladri.

Una volta capivo i bracconieri che andavano alla caccia nascosta perché si era uomini e si stava tra i boschi e le donne aspettavano la carne di un buon colpo. Oggi con i bracconieri bevo, hanno smesso, quasi tutti. Intanto passa il cielo sulla testa e sui piedi, li alzo e li vedo del colore suo e della camicia di lana a scacchi azzurri. I gracchi rispettano la mia testa rovesciata al cielo, nessuno di loro passa sopra di me. Strepitano con quelli sotto la croce, venuti a mani vuote.

Mi tiro su a sedere, pulisco il coltello e lo richiudo.

Non l'infilo nello zaino, non so perché, lo metto in tasca.

Scendo, con i sandali che tengono bene l'appoggio, con le forze franche. Lascio lontano il cavo d'acciaio che scende ben ancorato. Vado senz'àncora. Mi calo sbatacchiando al vento i pochi ciuffi bianchi della fronte. È l'una, l'ora di rientrare, ho due ore e mezzo di discesa.

Ripasso sulla lunga linea che accompagna il bordo dell'abisso. Il Gran Muro, la muraglia che ogni scalatore ha sogno e voglia di percorrere da fondo a cima: ci sto sopra, il sentiero costeggia in alto i punti di arrivo delle famose scalate.

Metto i piedi dove c'è l'ultimo appiglio del diedro Mayerl, vedo più in giù il punto d'uscita della magnifica via di Messner sulla roccia nera. È l'ora più tiepida, strimpella intorno il motorino in re minore dei grilli. Sto coi pensieri a testa bassa quando, non l'ho sentito, arriva addosso in salita il passo brusco di un giovane. È ben piazzato, abbigliamento tecnico, occhiali da sole. Ha l'andatura sforzata di chi ne ha da vendere e vuole farlo sapere. Il punto dove c'incontriamo è stretto ma sufficiente a passarci in due, non si sposta, non evita, mi urta. "Stronzo," mastico a fiato secco mentre scendo.

"Come hai detto?" sento che s'è fermato e s'è voltato. Mi fermo anch'io e lo guardo. "Cos'è che hai detto vecchio di m...?" Ma no, ho svuotato da poco, la gioventù è malinformata e poi non sono uno che fa conversazione mentre litiga e non ho bisogno di aizzarmi. Per risposta sfilo di tasca il coltello. È una buona lama, larga e affilata a dovere. La impugno e resto lì. "Quello te lo puoi ficcare nel c..." e nomina il mio scarso punto di appoggio. Magari il fodero, penso, ma questo ferro che ho in mano per ora ha in mente un altro destino. Non gli parlo, resto a guardarlo e quello non ha intenzione di lasciar perdere. Si è tolto gli occhiali. Meglio, così lo guardo dove mi serve. Scende verso di me. Indietreggio, ma non proprio verso il basso, piuttosto verso il bordo del Gran Muro. Deve avere assai cattiva intenzione se vuole battersi con me a un metro dal precipizio.

Lui non lo sa, ma sono sul punto di uscita della via di Mayerl, dove la parete è ripida ma è doppia: c'è una controparete addossata alla principale. Dal basso la si scala come un camino. Per male che mi va ci finisco dentro e se ho fortuna non crepo. Non voglio dargli questa soddisfazione. La vuole, ha allungato verso la mano del coltello un bel calcio secco, frontale, di quelli d'arte marziale. Ma sono agile e ho da sfruttare tutta la virtù. E poi si è tolto gli occhiali, così posso puntare le mie pupille sulle sue. Da lì capisco quando sta per partire la sua mossa.

Intanto parla cupo, dichiara quello che mi vuole fare e il posto dove mi spedisce. È loquace in duello. La mia voce non gliela faccio sentire. Tengo bene il coltello e non rispondo ai suoi calci, solo schivo. Ho imparato l'arma da un siciliano che sapeva battersi con quella. Me l'ha voluta insegnare, per gratitudine di non so più cosa. Mi dava lezioni nel retrobottega di un'osteria a Torino. Sudavamo cercando il primo sangue. Il coltello va tenuto basso. Cerca di strapparmelo di mano con i calci.

L'ho chiamato stronzo: eccone due che stanno per ammazzarsi così, tanto perché sono vivi. Non che si abbia bisogno di motivi più valorosi, perché cedere o no il passo è un antico segnale di rispetto o di offesa. Non ho voglia di colpire, non voglio portare questo sangue giovane sulla camicia azzurra. Con che faccia mi metto in faccia al cielo? Però qua non decido molto e sarà già qualcosa se mi ritrovo vivo tra le due pareti alle mie spalle.

Intanto scanso i calci, li vedo partire dagli occhi prima che da terra. Ce l'ha con il coltello, perciò lo teme. Allora lo butto da una mano all'altra per disorientarlo. È furbo, ha capito che così può provare a intercettarlo al volo mentre passa di mano. Vedo nelle sue pupille il punto fisso dell'idea. Guardo solo i suoi occhi. Ho il mio coltello, un po' di calma ancora per il momento di doverlo usare, ma non so più dove sto, se ho già il tacco sul precipizio. Non ho ancora allungato un colpo, non sa fino a dove arriva il mio braccio. Non sa se mi sto solo difendendo oppure se ho forza di colpire. Non sa niente di me, tranne che vuole buttarmi di sotto. Continuo a cambiare mano al coltello. Sta concentrato nel punto morto dello scambio. Allora allargo di più le braccia per far credere a un passaggio più ampio tra le mani e fingo il lancio e lui parte col calcio nel punto in cui deve trovarsi il coltello se sta cambiando mano. Ma non sta. È rimasto nella destra che a mezz'aria gli uncina il piede tra caviglia e tallone, la punta passa, esce dall'altra parte, poi si sfila veloce. È stata una puntura, va per terra, fa un ringhio di dolore e di collera, mette le mani al collo del piede, se le trova unte di sangue, vuole rialzarsi e resta a terra, dev'essere il tendine tagliato. L'ho lasciato là. Mi sono avviato in discesa nel punto dell'arresto e ho proseguito. Non mi sono voltato, non ho allargato il passo. L'ho lasciato là a cercarsi un aiuto, a chiedere a qualcuno la carità di una spalla. Anche da vecchio sono rimasto cattivo.

"Hai fatto bene."
Dici così perché ti pago il bicchiere e perché sei vecchio anche tu e magari un ragazzo ti ha mortificato. Non ho fatto bene, ho fatto. Quello che stava sotto il cielo ho fatto. Se era giusto dovevo sentire in faccia il vento. La giustizia quando arriva rinfresca e rinforza. Ho avuto solo lo sbuffo d'averla scampata. L'intenzione mia era buona o cattiva? Questo decide se è stato bene o male. E mi cerco un pretesto di buono e non lo trovo, tranne che sono vivo. Stai lì su un bordo e ti paghi la vita senza sapere se il tuo prezzo basta. A noi vecchi è così ogni giorno. Siamo più guerrieri dei giovani che non sono allenati a morire.

Non si è macchiata la camicia azzurra, così è buona per un'altra montagna domani. Il coltello no, si è ingrassato di sangue, non è più per tagliare il pane. L'ho pulito, te lo regalo, a me ne serve un altro.

Il vecchio bracconiere lo posa sul palmo, lo apre, lo annusa. "Mi fa voglia di tornare a caccia."

Annuncio mai spedito

"Cerco la ragazza che la sera del... entrò nel negozio di frutta e verdura di via... Aveva occhi gonfi, pantaloni sbucciati alle ginocchia." Cominciano così le righe di un annuncio mai spedito, finito tra i desideri rinunciati e perciò intatti.

I capelli erano lunghi, colore delle castagne quando sono mature e si sale in collina a scuoterle. Lei era scossa, giusta per quel tempo.

I capelli sciolti s'impigliano e le mancava una ciocca, strappata. Mi disse di volerli tagliare il giorno dopo. La voce era bassa, di raucedine. Altri particolari: una ferita al labbro superiore, uno sbaffo di rosso in un solo punto. Niente rossetto, non si usava. Degli occhi non so dire, era buio, c'era fumo. Cerco quella ragazza non più vista. Oggi non è più in quell'età, del resto è un tempo breve e allora durava anche meno. Per esempio sono stato ragazzo per qualche settimana, un paio di volte, d'estate. Per tutto il frattempo si era adulti involontari.

Cerco la ragazza che entrò di corsa nel negozio di frutta e verdura, caso mai ricorda la tiepida sera di una guerra locale, in un quartiere solo, una sera di guerra anche un po' mondiale perché voleva disturbare la seduta della grande alleanza guerriera dell'Atlantico del nord.

"La meglio zoventù", diceva una canzone alpina imparata da mio padre. La meglio zoventù della città di Roma si dava appuntamento, indurita e spavalda, intorno alla basilica di San Paolo, contro la riunione dei capi della Nato all'Eur.

I partiti della sinistra seduta, in parlamento e fuori, dettavano scongiuri: è una manifestazione provocatoria (la nostra, non quella della Nato), opera di gruppuscoli estremisti. Ordinavano ai loro iscritti di vigilare nelle sezioni, cioè: tapparsi dentro. Quella zoventù non se ne stava buona, obbediva a nessuno, era invadente, senza rappresentanti nemmeno nella portineria delle istituzioni.

C'eravamo appena raccolti, un bel mucchio di qualche migliaio intorno alla basilica. La manifestazione non era autorizzata, e allora? Mica volevamo aprire un esercizio commerciale che ci serviva la loro licenza. Si trattava di manifestare, e basta, un diritto intrattabile. Allora era piuttosto una gentile concessione, molto revocabile. Come democrazia prevaleva quella del partito unico, al governo senza pausa già da un quarto di secolo. Così fu che dopo i primi urti e i primi acciuffati, il grosso di noialtri salì al vicino quartiere Garbatella. In ordine sparso e affannato sbarrammo la strada con quanto capitava sottomano, cartelli stradali, bidoni, macerie di un cantiere vicino.

Erano brusche mosse maschili, però qualche ragazza restava e se non aveva forza di gettare pietre, in cambio le raccoglieva e te le passava in mano. Non ti sei mai fatto mettere in mano una pietra da una ragazza? Sono le migliori, ci metti dentro una forza nel lancio, che ti senti una catapulta. E gliene chiedi ancora per risentire il tocco del passaggio di mano. E mentre badi a questo, la carica avanza e tu resti un po' indietro rispetto agli altri che si sono ritirati più su, resti indietro perché quella benedetta ragazza non scappa, aspetta te e tu non vuoi scappare prima di lei e così quelli si avvicinano e magari potresti ancora filartela perché hanno il fiatone per la corsa in salita e pure per la fifa di finire sotto qualche meteorite volante, ma niente, la ragazza non si sposta e tu sei lì a lanciare e non manchi un colpo per quanto sono vicini, tra poco sarà zuffa e tu proprio Giovanna d'Arco ti dovevi trovare a fianco e ora stanno alla distanza che ci si può guardare in faccia e to', si fermano, tornano indietro, è finita la carica, hanno avuto ordine di ritirarsi.

È successo che dalle finestre, non te ne sei accorto, la gente sta tirando giù la casa, tutta la roba vecchia, pare capodanno, vasi di fiori, vasi di notte, ferraglia, sedie rotte, mattoni, mattonelle, barattoli, bottiglie e secchiate d'acqua. S'è affacciato il quartiere, ha bombardato la carica, l'ha rispedita a valle. Scendono le persone dalle case, tornano alla barriera i noialtri che si erano attestati più indietro, spuntano vecchi copertoni da incendiare, un uomo anziano ne spinge uno acceso giù per la discesa da dove sono fuggite le truppe dell'ordine pubblico. E a me sembra che l'ordine pubblico sia quello dell'improvvisa insurrezione di gente che non ci conosce, non sa perché gli portiamo la guerra in casa, ma decide al volo e a maggioranza che noi abbiamo ragione e le truppe torto. Quella gente fa il suo ordine pubblico mettendosi con la meglio zoventù e facendola felice. Perché felicità per noi è stato un quartiere insorto all'improvviso a fianco e intorno.

Chiamavamo quelle cose comunismo, ma tiravamo a indovinare, quella era soprattutto una felicità, aspra e affumicata.

Cerco la ragazza del negozio di frutta e verdura, che non è quella della barricata testa a testa, pietra a pietra, no, quella la conosco, è stata sempre in piazza e ha risalito i gradi degli urti fino alla più violenta forma della critica. Quegli urti erano la critica, atti di una ragione dotata di forza di demolizione, perché è buona a questo la ragione. E quelli che non facevano così? Era gente che negava l'evidenza, si escludeva dal campo. Sceglieva lo stato, che in nessun caso è un'indicazione di moto.

Al termine di quel giorno e notte della critica avremmo contato cinquanta di noialtri imprigionati, un ospedale di feriti ma nessuno in corsia, ognuno in stanza singola presso le abitazioni del quartiere. La critica costava. Cerco la ragazza afferrata al volo all'uscita del negozio di frutta e verdura.

Le truppe tornavano alla carica da altri punti dell'accerchiamento. Riuscivano a entrare, catturare, portare via di corsa, ma non potevano piantarsi in mezzo al quartiere. I negozi restavano aperti. Chiudevano di colpo se qualcuno di noialtri si riparava inseguito, allora il padrone abbassava di botto la serranda e le truppe fuori a tirar calci, a spararci contro un candelotto. Ma poi si dovevano ritirare, dai balconi grandinava fitto.

Non hai mai visto commercianti comportarsi così con la clientela? Era un effetto di quella strana felicità: se uno per sbaglio chiudeva la serranda in faccia a un ragazzo in fuga, lasciandolo fuori al pestaggio, il giorno dopo e quelli successivi se ne poteva pure stare a casa, tanto in bottega da lui non entrava nessuno per un pezzo.

Cerco la ragazza che scappò dentro il negozio di frutta e verdura, occhi gonfi di gas da lacrime, pantaloni sbucciati. Il padrone non fece in tempo a chiudere, gli agenti sollevarono la saracinesca già a mezz'aria, stufi di correre sotto la grandine dei balconi, finalmente al riparo per una cattura facile, buona a sgranchire anche gli arti superiori. Se la presero con la merce, un parapiglia di colpi sopra broccoli, cicoria, pomodori, gambe del negoziante finito a testa in giù, mele, zucchine, braccia della ragazza che si proteggeva con quelle sotto le ceste rovesciate. L'afferrarono per i capelli, trascinandola fuori istupidita di colpi e di paura.

Avevano tirato troppo il fiato nel negozio, il resto della truppa si era ritirato. Uscirono di corsa e andarono a sbattere contro qualcuno di noialtri. La ragazza mi passò davanti, le afferrai un braccio. Così per due secondi, massimo tre, formammo un bel trio primitivo, due maschi che si battevano per il possesso della femmina tirandola da due parti opposte. Poi quello mollò, preso da un calcio della ragazza, di colpo rianimata dalla zuffa in suo onore e decisa a far valere il suo diritto di scelta tra i pretendenti. L'agente scappò stringendo nel guanto una parte di scalpo. "Giuro che me li taglio a zero, giuro che non mi faccio più pigliare così."

Cerco la ragazza che diceva così in un portone dove passammo un'ora a pigliar fiato, a sgonfiarci gli occhi con il limone, a contare i lividi che aveva, a togliere ortaggi dai panni e dai capelli. La lasciai ch'era quieta, aveva sonno e voleva tornarsene a casa, avvertire qualcuno. Io no, sollievo di solitari in quelle mischie era di non avere retrovie da avvisare.

Il resto di noialtri restò per la notte in strada insieme al popolo di Garbatella a raccontare, a contarsi, bere caffè, bicchierini di cordiale, masticare pane appena cotto, scambiarsi strette di mano. Il fruttivendolo aveva rimesso a posto il negozio e la merce scampata, con l'aiuto di molti. Si era guadagnato una buona fetta di stima, oggi dicono di mercato. Anche se nessun esperto del settore gli avrebbe potuto dare il buon consiglio che seppe darsi da solo in mezzo alla piccola guerra piovuta addosso a lui.

Non l'ho vista più nei giorni, nelle settimane, alle assemblee, alle manifestazioni. Alla distanza di poca sicurezza di oltre mezza vita più tardi, stendo memoria di un annuncio mai spedito. "Cerco la ragazza..." Non la cerco e l'annuncio non l'ho nemmeno scritto. Però nei giorni, nelle settimane, alle assemblee, alle manifestazioni ho guardato se c'era quella che mi aveva giurato sotto un portone di andare dal parrucchiere, mentre si toglieva l'insalata dalle scarpe. Per qualche settimana mi è stato a cuore e impresso un giuramento di tagliare corto.

In nomine

Prima di ficcarmi nell'immenso vicolo cieco dell'Africa, mi preparavo in una comunità di volontari che andavano a svolgere un lavoro gratuito laggiù. Garantiti dal solo vitto e alloggio, era gente di una specie più esposta di quella compresa oggi sotto la voce di volontariato. Si era insieme per addestrarsi ai compiti e per imparare a comportarsi bene in terre di bisogno. Per qualche mese facemmo da laici vita di monastero, col tempo scandito dalle preghiere e dalle funzioni religiose. Seguivo il ritmo da muto, mi adattavo alle usanze da straniero. Avevo dichiarato la mia distanza, non aderivo al culto, non mi aggiungevo alle voci. Ero in attesa di destinazione.

Si occupava di noi un prete, intorno ai trent'anni come me. Non potevo chiamarlo padre e neanche don, perché da me al sud il don era di rispetto ai guappi. Mi rivolgevo a lui per nome. Parlava volentieri, ascoltavo ma non si innescava un mio racconto di risposta. Ero nei trent'anni, l'età più desertica per me dopo gli anni delle rivolte sconfitte. Mi faceva bene stare zitto. A quel tempo pensavo che si va dal prete per la confessione e a me mancava, ed è mancato sempre, quel bisogno.

Lui confessava a lungo, restava con ognuno per un'ora. Me lo spiegavo con la necessità di vagliare le consistenze umane: il servizio in Africa durava anni e comportava tenacia. Anche con me svolgeva il turno, seduto di lato sopra una panca. Gli presentavo il minimo sommario degli anni, com'ero arrivato da loro, del mestiere operaio avviato in mezzo a un decennio di militanza rivoluzionaria infine sbaragliata, in rotta. Chiedeva se me ne pentivo. No. Cosa mi distoglieva allora dal proseguire: la riduzione a puro scontro militare di così tante ragioni di giustizia. Avevo voglia di parlarne? No. Insisteva sul prodigio della remissione dei debiti, l'abisso di grazia pronto in se stessi se si riusciva a pronunciare i torti commessi.

Il suo orecchio era puro, offerto in servizio di ascolto, un dispositivo che non tratteneva nulla. Era l'imbuto per travasare le proprie parole nell'orecchio di Dio. Il Dio che ti riveste, gli dicevo, già sa. Certo che sa, ma ha bisogno del tuo sacrificio di parola. Non può liberare da solo. Vuole che tu faccia quello che lui ha fatto al mondo, rivelarsi.

Aveva ragioni e dirittura di modi, si poteva stare a dire, a esplorare a lungo. Non conoscevo ancora uomini così. Proprio questo mi scoraggiava: lui era per me novità, primizia di persone consacrate a sostegno, io ero per lui uno della dozzina di ostinati, un caso nel suo repertorio. Sapeva nascondere la sproporzione e stare a pari con me. Pari di età sicuro, eravamo coetanei, ma lui dov'era mentre l'Italia era un quartiere in fiamme, le prigioni traboccavano di insorti, le piazze friggevano di parole arroventate? Dov'era stato se non era stato in quei crocicchi a giocarsi in quattro secondi a testa o croce il futuro intero? Cosa poteva chiedermi uno che non era stato lì? Dal resto di latino custodito malvolentieri rispondevo: domine non sum dignus, non sono degno neanche di chiamarti domine, con la desinenza del caso vocativo. Lui ribadiva: "Liberami dai sangui", lo chiede perfino Davide a Dio.

Non so niente del tuo diritto di perdonare, sciogliere, non posso riconoscertelo. Non mi puoi assolvere dal dolore che ho procurato e io non rimetto agli altri i torti ricevuti. Andrea, io dimenticherò e questo sarà un giorno il mio perdono, se ci arriverò. Intanto, Andrea, io ricordo ogni cosa, questa è la mia penitenza e tu non puoi levarmela. Vado nel mondo con questa lebbra in faccia che fa scansare le persone, fa cambiare di marciapiede alle donne, perché le donne sanno a vista. Sai Andrea, gli uomini come me di solito finiscono per confessarsi a una donna. A me non è successo. Sono uno dei tanti che non hanno riparo, lasciami alla malora, non mi puoi salvare, ma se questo atto di confessione è indispensabile al servizio e ai doveri dell'Africa, allora mi ritiro e non ti faccio il torto di versare una reticenza nel tuo orecchio.

Macché, disse, non estorciamo confessioni da un po' di secoli e per chi mi hai preso, per un giudice istruttore? Non vuoi liberarti, vattene pure carico in cuor tuo, ma io di fronte alla coscienza mia e al sacramento che mi è stato affidato, io ti assolvo, in nomine... E fece il gesto delle dita, svelto che non potei fermarlo con la mano. Due dita, indice e medio, le stesse che si alzavano dai cortei imitando le canne delle pistole, due dita in croce mi puntavano contro la loro forza opposta, di scarico. Non puoi, Andrea. E lui: sì.

Mi alzai dalla panca senza sollievo. L'aria smossa dalle sue dita in croce era diventata più pesante. Mi aveva sobbarcato di un'assoluzione schiacciante più di un atto di accusa. Uscii dalla stanza a passi rallentati, di uno che sale in montagna. Non ci parlammo ancora. Partii per l'Africa con la zavorra che secondo lui volevo conservare sopra il cuore. Certo non ero lieve e in Africa bisogna essere lievi, e forti come la foglia del banano. Bisogna la schiena dritta delle donne che portano l'acqua sulla testa. Invece ero curvo, un chiodo che non si conficca, ribadito male, offrivo al sole a picco un angolo maggiore. La mia ombra era più lunga delle altre. Laggiù sanno che chi porta più strascico è in pericolo. Mi ammalai di febbri, da stringere i denti per non farli sbattere. Andrea m'aveva assolto, l'Africa no. Il peso del suo sole scoperchia gli uomini e se non sono integri, li disfa.

Alla fine del viaggio in un letto di ritorno e di convalescenza il corpo aveva deposto per sempre due decime del peso e non erano quelle sul cuore.

I COLPI DEI SENSI

Metto qui a intervallo la ristampa di un libretto dedicato ai primi colpi impressi sopra i sensi, i cinque. Il piccolo editore Fahrenheit 451 di piazza Campo dei Fiori a Roma li ha accolti dieci anni fa e li ha seminati tra gli amici.

Qui stanno a sciogliere per un po' di pagine il nodo lasco e il nodo serrato dei racconti di avventura del due, il contrario di uno.

Sono di un secolo e di un mare minore. Sono nato in mezzo a entrambi, a Napoli nel 1950.

Da questo falso centro, apparenza di tribuna numerata, non ho conosciuto profondità di campo né di dettaglio. Ho inteso poco, male il tempo e le azioni. Da ospite in impaccio ne ho trattenuto cenni. Li voglio lasciare a un nipote curioso, forse intenerito dall'atrocità e dalla modestia delle vite che l'hanno preceduto.

Allineo, uno per senso, i colpi che si sono fermati a caso e ad arte nei ricordi. Non ho consuetudine di testimone o vocazione di cronaca, non so di stelle filanti, di colonne sonore, ma penso a due dadi, un fungo, una damina, un fiasco: pedine di un Monopoli intorno al quale tenersi le domeniche.

Tra un grido e un brodo è rimasto quello che so. Intorno c'era un creato distante, esperto, che ripeteva alla cieca gesti di madre seconda.

Udito: un grido

Nato nel '10 mio zio, figlio di un napoletano buio e di una americana luminosa, portava con eleganza la bellezza di ventura che gli incroci producono almeno per una generazione.

Da giovane svolgeva incarichi presso una compagnia di navigazione. Con gli ultimi documenti andava alla partenza delle navi. Vedeva restare sul molo pezzi di famiglie mutilate dai distacchi. Tutti gli addii del sud finivano a quel molo, si strappavano lì tutti i legami.

Si era abituato a vedere le separazioni, non ci badava, del resto già da molti anni la gente nostra aveva preso a smaltire la miseria nelle Americhe. In periodi precedenti c'erano state perfino colonne di uomini agli imbarchi della White Star Line.

Fu lui che raccontò a mia madre il grido. Era uno dei tanti. Non poté spiegarsi perché quello, non un altro o nessuno, si fosse impresso nella membrana acustica dell'anima.

Il solito piroscafo carico di uomini partiva nell'ultima luce di un giorno d'aprile tiepido, splendente. Sul molo tacevano gli addii, inutili per la distanza, perché la poppa della nave gremita di facce era già all'altezza della diga foranea.

Allora una donna con i capelli bianchi e il vestito nero, dolore e anni addosso dappertutto, gridò con tutta l'aria che aveva trattenuto. Sul primo silenzio del distacco fresco, gridò da sirena, da cagna, da madre, a sillabe stracciate: Sal va to re e. Un nome solo, chiamato e perso a gola rotta, ferì a vita mio zio, giovane impiegato bello, elegante, bravo a cantare e a suonare la chitarra a orecchio. Quando lo raccontava la sua voce scendeva in un tono spezzato e ripeteva in sordina, ma certo esattamente, quel grido. Gli saliva la pelle d'oca.

Sapeva cantare a memoria e ripetere musiche ascoltate anche una sola volta. Sapeva ripetere a orecchio quel grido. I dolori hanno una chiave di violino per chi è musicista di dentro. Una verità può essere colta da un passante, un estraneo può trasmetterla più fedelmente di chi la conosce e la patisce. Non avrebbe potuto cambiare niente, ripeteva quel grido sillaba su sillaba da sirena, da cagna, da madre. Si stampa a caldo e a caso il dolore degli altri su di noi.

Mia madre lo ascoltò da lui. Se l'udito è coppia d'altro senso, esso è la pelle. Anche la sua, nel grido, si increspava. Era anche lei intonata e sapiente di vecchie canzoni, sapeva ripeterlo, squarcio di lenzuolo asciutto che si straccia. Attraverso di lei è arrivato fino a me che lo affido al definitivo silenzio di un resoconto. Non provo a ripeterlo, stono, non trattengo le musiche, le loro voci esatte. Ci metto molto a imparare un canto.

Voglio bene a chi non ha disperso il grido. Non sciupare il seme, prescrive un arduo comandamento. Raccoglierne qualcuno, è una più accessibile consegna contro il fitto spreco del vivere. Per un uomo potrebbe bastare.

Il grido, la voce condividono la natura del seme. Lasciar detto più che lasciar scritto incita la memoria degli altri a custodire. Lo sapeva chi sparse al vento e agli uomini le rare parole, chi pensò che in quello consistesse il fecondare e che le orecchie fossero fiori per le api.

Salvatore: il nome strillato nel porto di Napoli intorno al 1930 si è scorporato dal dolore che lo pronunciò, come dalla persona che lo portava via con sé. Contro il mare, la nave, gli uomini strappati e nominati invano, quel grido torna alla sua origine di bestemmia generale.

Vista: un vulcano

Era l'inverno del '44. I tedeschi se n'erano andati da Napoli pochi mesi prima, portandosi dietro Nicolino, nomignolo assegnato al pezzo di artiglieria antiaerea che sovrastava la collina del Vomero. Sotto i suoi spari i napoletani avevano provato l'improprio senso di protezione che procura un parafulmine guasto: attirare i colpi senza poterli neutralizzare.

Nicolino aveva voce di vero cannone, risuonava come un tamburo di grancassa preso a pugni. Era un chiasso entrato nel sonno e nell'intimità degli abitanti. Rispondeva in cielo ai tuoni che esplodevano in terra tra le case e le strade. Napoli incassò più di cento bombardamenti. Uno di essi venne senza nemmeno l'allarme della sirena. Fu eseguito ad alta quota e su obiettivo libero, il quattro d'agosto del '43, ultimo giorno per tremila persone sorprese in strada dall'inferno.

In tutti quegli anni mio nonno era riuscito a salvare, correndo al rifugio in gara con il cane, un servizio da tè di porcellana inglese. Era ben riposto in un valigione proprio accanto alla porta, pronto al decollo. Era convinto che quelle tazze valessero una fortuna. Finita la guerra le avrebbe trasformate in un camion. Doveva pur smettere quel finimondo.

E finì. I tedeschi in quel settembre del '43 sgomberarono Napoli sospinti a nord dalle forze alleate e dal brusco sussulto di una città in briciole e stufa di loro. Quattro giornate di fuochi affrettarono il rigetto di un corpo di spedizione che era dilagato, lì come nel resto d'Europa, a somiglianza di epidemia. Un popolo è molte volte un corpo. Il suo sistema immunitario può essere minato da miserie estreme, da specifici terrori che la guerra propaga. I tedeschi riuscirono a sospendere il senso di identità di molti popoli, a bloccarne le reazioni immunitarie. Imposero a Napoli il totale reclutamento degli uomini, riuscendo così a mettere fuorilegge il genere maschile.

Così furono quei giorni. Gli alleati erano arrivati a Capri, a Sorrento, ma si erano fermati. Il golfo era solcato da un invisibile confine che divideva la guerra dalla pace, la libertà dalla tirannia, Pompei libera, Portici no.

Fu un colpo di pistola, un rastrellamento, una sassaiola, una bugia che gli alleati erano in marcia: si condensò la fretta, l'urgenza che a volte percorre le fibre lese di un popolo, come quelle di un malato che ritrova il senso di essere organismo, corpo e nome. Di colpo, in piena estate, i tedeschi furono sotto il freddo che già altre volte aveva liberato un paese dall'epidemia. Era quel freddo generale che hanno in forza i popoli che si battono sul proprio terreno, quello che a Stalingrado aveva chiuso e cancellato per la prima volta il corpo estraneo, l'antigene. Ora lo stava braccando da tutti i punti dell'orizzonte.

Arrivarono gli americani e montarono un nuovo cannone, una batteria contraerea che suonava, diversamente da Nicolino, un rumore di saracinesche abbassate a tutta forza. Sparava in cielo raffiche ravvicinate. Il servizio di porcellana inglese che aveva resistito ai colpi dei consanguinei angloamericani, cadde insieme a tutti i tramezzi della casa sotto l'unico bombardamento tedesco. Il camion di porcellana inglese finì disfatto sotto le macerie.

Senza più casa la famiglia di mia madre si disperse in alloggi di parenti. Tra americani appena istallati, sfollati che rientravano e traffico di masserizie, Napoli era una città mobile. Ma il nonno e il cane non correvano più, le sirene tacevano. A sud del Garigliano era cominciato il dopoguerra.

Fu in quell'inverno, del '44, che il Vesuvio si aprì ed uscì il fuoco. Dal cratere saltavano in cielo le fiamme, le pietre; scendevano a solchi le lave aprendosi la via dei campi. Alcune arrivavano al mare, entrando nell'acqua che friggeva. "Questa città è una pentola e noi siamo la carne", è scritto di Gerusalemme nel libro di Ezechiele, il primo terrore dell'immenso, angoscia sacra dei popoli sismici, vulcanici, periodici, si decantò in meraviglia. Il vento sagomava il pennacchio di fumo in fogge di funghi e campane. Il tramonto accendeva di tutte le voci del rosso le ceneri sospese. Nemmeno le comete valevano le sere di quel gennaio col monte rigato di strascichi in fiamme.

Non era il sangue raccolto dai campi della guerra che convergeva da tutte le sorgenti al getto del vulcano, non rimandava luce, non rispondeva voce il solco in fiamme. Nessun legame né riferimento passava tra quello e il male che i popoli si facevano. Era il tutt'altro. Il minuto disfarsi degli uomini tra loro veniva sovrastato per una volta ancora dal traffico interiore dell'immenso.

Mia madre in un alloggio di fortuna, a una finestra nuova, compiuti appena i diciannove, guardava i fuochi di una guerra spenta. Quegli ultimi colpi di dentro, voci di viscere indifferenti, spargevano sulle macerie lo strato di cenere del dopoguerra e degli stenti. Non aveva ancora vent'anni, averli non le importava più.

Odore: brioches e altri gas

I bambini scrutano i tatuaggi. La vanità virile dei marinai, come la nostalgia dei reclusi, consente che il corpo si presti da foglio e da tela al pennino aguzzo dell'incisore.

Nel tempo del mare estivo conoscevo i disegni e i colori sulla pelle dei pescatori, nomi, cuori, navi, lune. Andavo da bambino con mio zio a pescare. Aveva una barca a motore governata da Nicola, il pescatore che divideva con lui il frutto del giorno. Più spesso si andava noi soli, ma ogni tanto con qualche ospite.

Ci si alzava presto, io passavo dal solo bar aperto e raggiungevo la spiaggia portando le brioches ancora tiepide di forno. L'odore appetitoso si mischiava a quello salato del legno di barca e agli sbuffi cadenzati del vecchio motore diesel. Era per me un odore da uomini ed io provavo orgoglio a condividerlo. Dalla spiaggia dei pescatori di Ischia si partiva per raggiungere il tratto di mare che era considerato pescoso in quel momento della stagione. Una volta venne con noi un signore magro, sulla quarantina, coetaneo di mio zio. Prima di salire a bordo gli venni presentato e lui mi dette la sua mano lenta, distratta. Badavo alle mani degli uomini, a come le porgevano, ai calli, a come le intrecciavano in stato di riposo: forme in cui provavo a riconoscere il carattere. Quell'uomo non era di Napoli, parlava poco e teneva le mani in grembo. Sul braccio aveva un tatuaggio. Lo vidi sulla barca perché solo lì si rimboccò le maniche affondando la mano nell'acqua per bagnarsi i capelli mentre la barca andava. Era formato di soli numeri.

Non facevo domande agli uomini, sapevo che la condizione di un bambino tra loro era starsene zitto. Col tempo ho apprezzato quegli usi. I bambini che a raffica emettono domande, gustano più spesso la sonorità perentoria del loro tono di voce anziché le vaghe risposte. Non avrei mai chiesto all'ospite cos'era la cifra che aveva incisa. Pensai prima a un numero di telefono, poi a un messaggio segreto infine immaginai che vi era segnata la somma dei giorni di una vita, forse la sua stessa.

Gli uomini parlavano poco tra loro, il motore faceva saltare le lenze sul paiolo di legno del fondobarca. Di pochi cenni era il viaggio verso il perimetro di pesca. Ci fermammo al largo di Procida. Calammo i nylon innescati con pezzi di tòtano, specie di calamaro, cercando di indovinare la quota di mezza profondità dove potevano esserci quei pesci che da noi si chiamano vope. L'uomo col braccio segnato ripeteva i nostri gesti da inesperto eppure con sufficiente precisione.

Vidi il colpo brusco che mio zio eseguiva di scatto, alzando in cielo la mano che reggeva la lenza. Tatatà, i tre colpi violenti che la vopa assesta all'amo li sentii anch'io e anche Nicola. Tutti e tre in piedi tiravamo i nostri fili con la destrezza necessaria. Bisognava che il recupero fosse svelto ma regolare, senza strappi. Si doveva anche badare a non calpestare la matassa di nylon che si accumulava tra le gambe per non ritrovarsela poi imbrogliata. Salirono a bordo le belle vope argentate che iniziarono sul legno la frenetica batteria delle code, suono che mette allegria ai pescatori.

L'ospite non aveva indovinato la profondità, a volte

bastano due metri di scarto per escludersi dal branco. Nicola gliela aggiustò e cominciò così anche lui a sentire le brusche toccate che dal fondo del mare scaricano sul polpastrello il fremito della cattura.

Si accumulavano i pesci nella tinozza mentre il sole saliva in mezzo al giorno. Con le dita intrise di pesce e di acqua salata portammo alla bocca le brioches, gustandole sotto lo stimolo di un bruciante appetito. Gli uomini odoravano di esca e di forno. Sentivo in quell'età di essere parte di una comune virilità del mondo, muta, profumata. Da adulto non l'ho ritrovata negli uomini.

Tornammo verso Ischia. Mio zio al timone, Nicola puliva i pesci, io a prua lontano da loro. L'ospite metteva il suo braccio nell'acqua, segnando una scia parallela alla barca che andava. Il braccio tatuato fendeva le onde, prua di niente, dietro la quale non seguiva altro.

Passammo sotto Procida a poco tratto di mare dal penitenziario. Da una finestra con sbarre uscì uno straccio bianco, un braccio nudo sventolò quel panno. Era per noi quel cenno, non c'era altra barca vicina. Di corsa tornai a poppa ad afferrare la mia maglietta a righe e di nuovo fui a prua. Il mare calmo permetteva che rimanessi in piedi: così sventolai il mio panno con tutta la forza in equilibrio. Avevo età di ragione, circa dieci anni, conoscevo quel posto e le reclusioni avevano già messo semi nel pensiero. Gli uomini mi lasciarono fare, non risposero al cenno, non si curarono di me. Finché vidi quel braccio agitai il mio. L'ospite levò il suo dall'acqua e indossò la camicia.

Racconto le poche cose che si sono fermate nei sensi. Più di tutto trattengo memoria di un odore maschile, di un'appartenenza a un mondo di adulti. Ho saputo più tardi chi era quell'uomo tra noi. Era tra i pochi usciti dai campi di sterminio. Quel numero sul braccio non era un tatuaggio, ma l'infamia di una marcatura. Apparteneva a quella umanità sterminata con il gas Zyklon B, il cui odore ha avvelenato il nostro secolo, e che nessuno conosce.

Quando sbarcammo mi dette la sua mano, stringendo la mia con un po' di saldezza. Era una stretta lieve ma i numeri sul braccio si mossero per l'impulso dei tendini. Risposi con la mia poca forza alla sua mano. Come la mia, profumava di pescato e brioches.

Tatto: l'anello al muro

Quando veniva settembre, il vento cambiava di verso e la stagione di odore. Al maestrale dei giorni di sole e di mare increspato succedeva il libeccio che alzava onde lunghe. La pioggia asciugava la polvere, le strade esalavano il cotto dell'estate. Uscivamo nei vicoli dell'isola, lasciavamo gli abituali itinerari dei giorni di mare. Ci avvisava la prima lana addosso che nell'aria fragrante passava l'odore della pineta umida e dei quaderni nuovi, freschi di fogli bianchi. Sulle spiagge deserte correva il cielo cupo ed era tempo di passeggiate. Una volta per anno, nei giorni ventosi di settembre, salivamo a rivisitare il castello Aragonese, scoglio massiccio armato a fortezza e legato alla terraferma da un istmo sottile.

Da una terrazza sulla sommità un faro di notte perlustrava il mare. Da lì si poteva comprendere la sagoma sinuosa di Procida e, dietro di essa e oltre, il golfo schiacciato sotto il vulcano.

Salivamo verso le cinque, nell'ora del pomeriggio che permetteva un appuntamento e uno spostamento della comitiva fino al villaggio dei pescatori, oltre il quale sorgeva il castello. Tra le stanze magnifiche crollate, le crepe sul soffitto davano sul cielo, quelle nei muri davano sul mare. L'azzurro sbucava dalle pareti a ciuffi. Fervevano i primi sentimenti e le ansie di volersi appartare in una segreta messa ai quattro venti.

Ci si fermava all'ingresso della cripta delle monache. Non tutti volevano scendere nella stanza che custodiva ancora in un angolo un cumulo di ossa porose. Le mettevano morte a sedere su scranni di pietra bucati al centro, per consentire al corpo di disfarsi. Le mettevano a "scolare", il corpo scioglieva la sua forma seduto, al buio, come in una cantina. Scendevamo in silenzio, qualcuno tenendosi per mano. La morte era cruda e vicina, non ammansita né travisata, la visitavamo, nera monaca di settembre, disfacimento di stagione a mare.
Ora non sono più lì le ossa, ora sembra un salotto di pietra la cripta di sedili allineati al muro, illuminati a corrente. Ora sembra una latrina comune la cerchia di scranni bucati al centro. La morte ora è un rifiuto organico addobbato da cerimonia. Quando la toccavamo nel buio della cripta al lume di una candela comprata apposta, era l'ombra seduta della vita, teschi e clavicole, anatomia asciutta, impalcatura residua del tempo di tutti. Lo visitavamo con timore, senza disgusto, senza vergogna.
Uscivamo alla luce lungo la scala stretta e d'improvviso nessuno voleva essere l'ultimo. La voce che si era spenta in sussurri tornava acuta e gridavamo, respirando forte.

Proseguivamo il giro per i camminamenti della rupe e nel castello. Nei corridoi di tufo il fresco rigovernava il fiato. Sulla via del ritorno entravamo nelle segrete. Sotto un arco di pietra nuda un piccolo tozzo cancello di sbarre girava sui cardini a fatica. Passavamo per un cortile dai muri che furono alti e ancora in qualche punto accennavano alla forma di una fossa per vivi. Da lì si accedeva agli stanzoni comuni, dove le feritoie lasciavano girare troppo in alto stretti fasci di luce. Dalle pareti di pietra lisciata sporgevano anelli ancorati, robusti da poter trattenere una barca. All'altro capo dell'ormeggio ci furono uomini saldati alla catena. Erano l'ultima maglia di un ferro, consumarono il tempo come un rancio, insieme ad altri sempre, razione magra per conservarsi interi. Pensieri di ragazzi in gita d'improvviso cadevano seri. Senza libri a fare velo appariva la storia nuda: epidemie, arsure, nevi, guerre, battito regolare di una sentenza eseguita a secco lì dentro, nel recinto del tempo perduto. C'erano muri come quelli ovunque, un carcere per isola, nostro Tirreno pieno di galere. Toccavamo il ferro chiuso nella pietra, qualcuno imparava di colpo, tra il chiasso di fuori e un brusco silenzio di dentro, la dose di orrore rituale che ogni età condensa in una forma: il carcere, per noi.

Crescevamo sull'isola d'estate. Nessun presagio custodiva in segno quel destino, sembrava così antica la stanza delle sbarre. Non era la cripta, magazzino finale della notte di ognuno a incombere su noi. Era la piaga ai polsi, alle caviglie, la catena, l'uomo bestia per l'uomo, morso di un ferro insonne nella carne. Era la vita infame, la sentina dove il pescato stagna e si dimentica sotto il paiolo di legno della barca, frutto di mare perso nella zavorra d'acqua della chiglia. Uomini, età feroce, agguati, sbarre, noi ancora lontani dal destino, incapaci di credere alla stanza che avevamo intorno, immensa da abitare. Su alcuni si sarebbe chiusa in cella.

I muri erano pieni di scritte. Finché rimaneva uno spazio bianco da riempire con un nome, una data, non sarebbe finita la prigione. Toccavo l'anello confitto nel muro, lisciato dall'uso, ferro vaioloso di ruggine salato dal grasso delle pene. Tiravo forte, non veniva via.

In discesa nell'ultima luce correvamo nei corridoi a spirale che conducevano alle ultime rampe e al portone. Le grida rimbombavano nel vuoto, ai più piccoli bruciava il terrore e schizzavano in fuga in cerca dell'aperto, della sua luce cupa. Infine dal cavalcavia dell'istmo ci si voltava verso la massa nera dell'isolotto chiuso. Dietro di noi, ultimi ad uscire, il portone fermava i suoi battenti, quasi da sé; nessuno ci seguiva lungo il ponte. Il faro puntava sul mare la sezione di luce, mezzo giro di giostra, due secondi. Eravamo bambini sull'isola maestra.

Al mancorrente del battello che ci riportava in città alla fine di settembre, mi tenevo stretto guardando verso terra. Tiravo forte, non veniva via, tutto era saldo e l'età successiva sembrava un'altra maglia di catena.

Gusto: un brodo di pollo

Ho passato qualche mese, anni fa, in un posto sotto l'equatore, in una nazione che si chiama Tanzania. Prima di andarci avevo imparato la lingua swahili che è mezzo di comunicazione buono per larga parte dell'Africa orientale.
Abitavo in un piccolo centro. Le ore della sera si trascorrevano sotto un vasto mandorlo indiano bevendo tè. Parlavo con gli uomini, ma le più allegre conversazioni erano con delle suore locali dai nomi sereni: Melanìa, Leocadìa. Erano voci di una lingua che accenta sempre la penultima vocale, che ha solo parole piane. Avevano un sorriso spalancato, pronto, riuscivo senza sforzo a farle ridere raccontando di neve, spaghetti, terremoto. Traducevo per loro proverbi della mia città: pe 'mmare nun ce stanno taverne, katika bahari hapana nyumba. Melanìa era come me, in mezzo ai trent'anni. I denti sani lucevano col bianco delle pupille, perché rideva ad occhi aperti. Camminava oscillando per i piedi gonfi. Non le ho mai visto i capelli, sempre dentro la cuffia azzurra.

Il primo giorno del mio arrivo al piccolo centro vidi a pochi passi un serpente. Era esile, verde vivo, lungo un metro. Mi scorse passando, si fermò e dopo un'esitazione si infilò sotto una pietra. Ero rimasto immobile, seduto su di una panca, attento solo a cercare di controllare il respiro. Volli chiamar gente, poi ci ripensai: che figura faccio? Ecco l'europeo arrivato fresco fresco che al primo serpentello chiede soccorso. Non volevo esordire così. Ma appena rividi qualcuno riferii con tono distaccato che avevo visto quel tale animale. "Dove?" chiese subito l'amico. In pochi minuti si era organizzata una piccola schiera di persone con bastoni. Sollevarono la pietra e uccisero il rettile che i libri chiamano mamba verde. Il suo colore lucente sbiadì velocemente, la pelle tesa si aggrinzì, come se gli andasse larga. Avrei rivisto più volte la scena che segue l'avvistamento di un serpente tra le case. Non scherzavano con le cose della natura, non l'ammansivano.

Di sera andavo a passeggiare dopo cena lungo un corso di acqua. Nel fracasso degli animali notturni, udivo ogni tanto dai cespugli il suono delicato di un campanellino che quando attaccava non smetteva presto. Nel buio delle sere senza luna suonava, suonava ed io mi sentivo avvisato da quel tintinnio. Di cosa non so più; ricordo solo che era trillo gentile, di quelli che in una stazione di provincia anticipano l'annuncio che sta passando in corsa un treno e non si fermerà.

Tornavo alla branda aspettando il sonno delle nove di sera, nel chiasso delle notti di palude sognavo senza suoni.

Una sera in una passeggiata sentii sul viso la carezza fulminea lieve di un'ala di pipistrello, il contatto più morbido che mi sia passato sulla faccia. Avevo avuto modo negli anni precedenti di dimenticare le carezze. Non feci in tempo a mobilitare il ribrezzo, provai nella sorpresa una confusa gratitudine per il buio e il suo tocco leggero. Per una nostalgia istantanea, dimenticai l'allarme. Se il corpo prova esilio è nella pelle.

Vennero le febbri. Sotto la dissenteria dell'ameba spuntò la malaria. Perdevo acqua e peso da tutti i pori, non riuscivo a ingoiare niente che non rigettassi. Penoso era il percorso fino alle latrine, reso incerto dal fatto che la malaria aveva infebbrato anche gli occhi, confondendo la vista. Dopo la prima settimana non ero più in grado di alzarmi.

Mi venivano a trovare le suore, le sentivo parlare del tempo dietro il velo della zanzariera. Quello era il mio confine e si infittiva.

I sensi erano rivolti all'interno, mi ascoltavo. Sorse in quelle notti senza sonno un odore mai prima sentito. Saliva dall'inguine, dalle ascelle, lo fiutavo continuamente immergendo le dita e annusandole. Era un sentore lontano, una palla di gomma morbida, il primo chewing gum e l'acido crudo dell'erba tagliata. Divenni ansioso di sentirlo. Scimmia veloce che accarezza in volo i rami, così il naso correva in quell'odore sui nervi chiusi e li toccava dentro. Non lentamente: mi spegnevo in fuga. Passava il tempo ed ero vicino al blocco renale, poca urina scura lo avvisava. L'odore mi riempì le narici, passava come incenso fresco sul mio quieto delirio. Per mare non c'erano taverne.

Venne Melanìa una sera. Portò un brodo di pollo. Non credo che mi disse cos'era, non credo che mi disse qualcosa. Sollevò il velo della zanzariera. Fuori c'era il caldo buio di sempre, io stavo sotto una coperta militare inglese di lana. Buttò tutto all'aria, rabbrividii confuso dai modi più che dal freddo. Mi alzò a sedere in mezzo al letto, spinse fuori le mie gambe magre e sedendomi a fianco mi tenne fermo e forte con una stretta addosso a lei dalla quale non potevo cadere. Il mio corpo bianco ossuto spariva nella sua presa, nella sua mano scura stava tutta la mia spalla. Poi, cucchiaino dietro cucchiaino, me lo fece bere tutto, pure quello che ributtavo fuori e che raccoglieva in una bacinella sulle mie ginocchia.

Chissà dove aveva trovato quel pollo, chissà quanto le era costato. So oggi che per la disidratazione è l'alimento più adatto. In quel momento ero troppo debole per riuscire a rifiutarlo, lo subivo come una tortura alla quale non potevo scampare. Morire diventa scomodo se qualcuno ti vuole per forza salvare, pensavo bollendo di febbre addosso a lei.

Tornò a portarmene finché non fu consumato tutto quel pollo, fino all'ultima spremitura. Presi a gustarlo spingendo la lingua contro il palato. Aveva più sapore di quello che sono disposto ad attribuire a un brodo di pollo. L'abbraccio della sua spalla contro il mio corpo trasmetteva più forza di quella necessaria a sorreggermi. Nel suo zelo segreto ferveva un eccesso, uno spreco che non dava tregua. Era severa, brusca di modi, come rimprovero di chi trascina via senza parlare.

Finirono le febbri, durava solo la dissenteria, salii su un aereo, le ho scritto qualche cartolina, qualche volta. La vita che da me svaporava distratta, profumata, mi fu rimessa dentro a cucchiaini, più mia di prima, immeritata, spesa.

Il conto

A ogni trasloco mio padre orientava di nuovo il suo letto con i piedi al Vesuvio. Era il verso del suo sonno, comunque profondo dopo i sorsi del vino della sera. Una notte di scosse e giravolte di pavimenti e lampade non si riuscì a svegliarlo e fu lasciato a casa mentre i tarantolati della città si accampavano in strada.

Vesuvio, terremoto, solfatara, il suolo da ventriloquo sbollisce in superficie l'intruglio costipato delle sue viscere. Chi di noi guardando il mare ancora un poco azzurro non ha pensato che è riparo più sicuro dei palazzi di tufo? Miriadi di noialtri hanno affidato al mare la loro via di fuga. Stiamo col morso del terrore in gola, diventiamo famosi cantanti a forza di gridare scampo nei sonni, diventiamo rauchi per ceneri e lapilli finiti dentro i sogni. E il santo protettore è un soldatino di sentinella contro il torrente dell'incendio lungo il piano inclinato del vulcano. Il popolo correva con la statua avvocata al ponte della Maddalena per l'ultimo sbarramento. Uno di queste parti, senza poterci fare niente, senza accorgersi, viene su costruito da un vulcano.

Così da ragazzo guardai dalla sua parte, la sua forma di pagnotta rigonfia, al finestrino di un treno che mi staccava dal luogo e solo verso il suo zuccotto a forma di cratere mi uscì di bocca: addio. Lasciavo il mio posto, quello che spetta di nascita, dove si diventa un minerale a forza di crescere ossa e si diventa bosco a forza di radici di capelli e peli in faccia e al pube, dove la voce bianca dell'infanzia si arrugginisce e ringhia raschiando la trachea. Partii tradendo tutti, padre, madre, sorella, casa, studi, i pochi amici e le mille settimane di residenza, tante servono a fare diciotto anni.

Nessuna ragazza si soffiava il naso al marciapiede del binario, solo quella nessuna, non tradii. Traditore di vita apparecchiata, già intitolata, andava solo svolta, invece niente, uno si afferra per un bavero e si sbatte via senza uno straccio di lettera, di mestiere in mano, d'indirizzo nuovo, zitto e imbottito di mai più. Ovunque tranne qui, qualunque malora tranne questa mezz'ora di pazienza ogni trequarti d'ora. Tradire e non poterlo fare con il sollievo della vigliaccheria, ma dovendo pure ricorrere al più assurdo coraggio mai posseduto prima, chiesto in prestito al futuro, indebitandosi con lui. Tradire è sentirsi i polmoni bruciati, l'aria della fuga scotta negli alveoli, la libertà rubata deve essere feroce, altrimenti non regge al rimorso del dolore di chi resta.

La città bandiva i suoi assenti. Chi non l'abitava veniva iscritto nel registro segreto degli espulsi. Napoletano è titolo solo per residenti, la nascita non basta. Conta chi resta, ogni altro è forestiero. Napoletano: proviene poco da un'affacciata su 'na iurnata 'e sole, molto di più dipende dal suo monte pandoro lievitato a fusioni. Nella casa di ognuno sta l'acquerello notturno delle lave incendiarie, il mare illuminato a sangue. Napoletano è adoratore del vulcano fino a lottizzare le pendici, risalire al cratere e costruirci dentro magari uno stadio con le gradinate già evidenti. Pensieri di uno che si stacca ragazzo senza salutare e guarda al finestrino di destra il vulcano che gli gira le spalle con lo strascico dei pendii attenuati su Caserta.

Non ho più pensato al verbo tradire fino a molto più tardi, nell'autunno dell'ottanta. Avevo trent'anni, non più contati a settimane ma a città e distanze. Ero a Torino dove stava finendo in una sola stagione di foglie scrollate tutto l'incominciato di politiche aspre, antagoniste, di una generazione. Sbarravo insieme ad altri operai i cancelli di una fabbrica per urto e resistenza contro un diluvio di licenziamenti. Durammo una quarantena e una quarantina di notti e giorni, quanto la cataratta di Noè, noi senz'arca.

Quando si ritirarono le acque, gli operai restarono fuori. La storia del decennio di forza e di sollievo operaio finiva lì. La storia sa tradire, non c'è da brontolare, basta esserci stati dentro e averle dato la pesata giusta. Pensieri di uno che arrivava da Torino col treno alla città del vulcano. Non portavo con me il verbo tornare, chi se ne va di lì perde diritto al verbo. Ci può andare, laggiù, tornare, no.

Dal finestrino di sinistra il vulcano al mattino era indorato ai bordi. È a buona cottura, a mezzogiorno sarà pronto a tavola sul golfo.

Dalla casa rividi l'affacciata sul largo. Dal suo grandangolo di balcone giravo il collo dal Vesuvio fino alla punta di Posillipo serrando in mezzo la costa di Sorrento e l'isola di Capri, stesa a diga del golfo. Io non ero più io, trent'anni, dodici lontano, un estraneo passato ad altre usanze, un operaio del nord.

La città che da ragazzo mi sembrò violenta era di burro, le mani non riuscivano a toccarla. Stringere la maniglia del vecchio tram e non sentire niente, neanche il minimo appoggio: l'organo del tatto decideva a nome di tutto il corpo la separazione. Sbandavo sul sedile della funicolare di Mergellina che scarrucola dentro il buio della galleria di tufo. Ti ho tradito e basta. Mi resta l'onore secondario di averlo fatto gratis, non per fare fortuna, non per soldi stranieri. Per il niente dei miei vent'anni esposti alle risse politiche del mondo, al grimaldello degli urti di piazza, la leva semplice delle insurrezioni. Ho trent'anni e arrivo al luogo di partenza a mani vuote. Al binario nessun fazzoletto di ragazza, così sorrido della simmetria.

Scendevo dai viali insaccati di nebbia per stare una domenica affacciato sul molo, sulle vele, sulle prue dei battelli che portano alle isole. Guardavo il risaputo che avevo dimenticato. Luca, il cugino giovane, quella sera m'invita a una pizzeria di Fuorigrotta e così la vedo, lei la ragazza da stropicciarsi gli occhi. E siedo, parlo e bevo insieme come la più stabilita cosa da gran tempo e quei minuti fanno le veci degli anni e l'accompagno a casa e non si toglie più la sua matassa di capelli dalle mani, non si scioglie e invece devo partire, risalire. Cominciano lettere e treni andirivieni da Torino, da Napoli, di notte, un vetro di finestrino per cuscino, tutta la paga alle biglietterie, ne restava per una sera, un cinema, un pretesto.

È l'autunno del terremoto, lei mi trova un lavoro di manovale in un cantiere della città scossa e piena di stampelle. Lascio il nord per abitare insieme. Città e ragazza, le confondevo, dimostravano ch'ero partito a vuoto, vedi, potevi stare qui, a trent'anni non dovevi cominciare da zero, dal bianco di calce, dalla pala che rigira l'impasto a colpi del tuo fiato e l'inverno per strada non stavi a sgocciolare il muso contro la tramontana.

Città, ragazza, fate ch'io sia un estraneo, che il mio eccomi sia quello di uno sconosciuto, uno dei tanti piovuti nei paraggi, artisti e muort 'e famme, scappati da qualche pentola di carcere, da qualche America fallita. Portatemi a Santa Lucia e dite: questo è il borgo marinaro, quello è Castel dell'Ovo.

La domenica andavamo in cerca di balconi, dove appoggiarci di profilo, Cuma, Ravello, Baia, L'Epomeo, dove c'era da starsene di fianco, darsi le nocche delle dita, appoggiarsi di tempia. Non che facevamo discorsi, però stavamo e quello stare era tutta la durata promessa.

Gli altri giorni uscivo dalla stanza ch'era ancora buio, strisciavo via lasciando poche tracce di caffè, la rivedevo a sera.

La città era ingombra di puntelli, il lavoro da farsi era rimasto a prima dell'avvento delle macchine. Niente betoniera, s'impastava a mano per strada la collina di rena, ghiaia, cemento, scaricata dai camion.

Gli operai erano anziani, venivano dai paesi di pianura, facce contadine. La sera rientravano a terminare a casa qualche opera sospesa. Erano forti, di quelli che si spezzano di colpo per non essersi risparmiati mai. Solidali tra loro, davano poca confidenza all'estraneo. Loro sì mi facevano la grazia di darmi per piovuto da lontano. Non staccavano a orario, ma quel poco più tardi per non dare a vedere che tenevano fretta di finire. A mezzogiorno per non impicciarmi dei fatti loro, cacciavo un libro e ci masticavo sopra. Prendevo venticinquemila lire al giorno. Era una buona vita, magra, ma con città e ragazza.

Lei mi chiedeva: cambia, non sei fatto di questo. Non rispondevo. Nel mestiere sarei durato altri sedici anni. Dai silenzi ripartiva con un sorriso o con la minaccia di un finto pugno in testa. Qualche sera rientrava tardi, per qualche festa, qualche compagnia, un concerto. Saltavamo un giorno, le lasciavo una lettera in cucina. Era bello scriverle da vicino, imbucare la posta sotto il tovagliolo.

Avevo una bella giacca, eredità di uno zio morto giovane. Le piaceva, una volta mi chiese di indossarla per una serata, un invito a una festa. Non andavo, non conoscevo, non ci sapevo stare. Mi cucinavo un intruglio, leggevo qualche storia d'oltremare, poi il sonno mi abbatteva con una martellata in mezzo agli occhi. Nell'alba seguente ritrovo la giacca su una sedia in cucina, s'era spogliata lì per non fare un rumore che non avrei sentito in nessun caso. La sollevo per ripiegarla e dalla tasca esce un foglio, un conto di ristorante, due coperti, a Sorrento, una bella somma, la data quella della sera prima. Nessuna festa, solo la premura d'imbastirmi una balla per non darmi pensiero. Tradito? In quel punto, in quel momento sì, uno schiaffo in faccia, da metterci una mano sopra per non far vedere. Tradito, ma non era il verbo intero, lei era lì, dormiva dentro le lenzuola comprate insieme ai piatti, tradire era se non stava lì. Me ne accorgo, lo so dire adesso, allora no, uscii di casa con due fogli in tasca, il conto e la lettera tolta dal tovagliolo, dimenticando il libro che mi salvava il viaggio nel vagone tra Campi Flegrei e piazza Cavour. Imbucai la mia lettera in un cestino e di quell'altra carta mi è rimasto il ridicolo dettaglio di un vino bianco, una marca pregiata.

Senza il libro del viaggio si affumicavano i pensieri: è arrivato il conto, è un foglio di via, urgente come un "vattene", cosa vuoi da città e ragazza, te ne sei andato a smaltire lontano il tempo migliore, qui nessuno conosci e nessuno ti può riassumere gli anni mancati. Cosa vieni a fermarti nella città spalata e ammucchiata, dove basta uno scirocco a staccare tegole, cornicioni, intonaci? Non è posto da nozze. La ragazza ha da sporgersi sopra l'avvenire come sopra un balcone di montagna, tu le puoi offrire un vicolo. Che ti ami non basta ad arrivare al giorno dopo, e che tu l'ami: grazie, lei è la festa, la fortuna, il tuo posto, tu sei il dente estratto da mascella che ritrova il punto di partenza nel cavo del suo abbraccio. Lei è il tuo posto, ma tu non sei il suo. Pensieri da cavallo, scosso, senza fantino che gira in tondo nel senso antiorario della corsa. Mi sfinisco apposta nelle ore di cantiere. "Chiano, guagliò, c'amm'arriva' a stasera ancora vive", piano, ragazzo, che dobbiamo arrivare a stasera ancora vivi, mi dice il manovale anziano, fermandosi un momento.

Ma la pala oggi in mano mia si muove da sola, è lei che regge le braccia e spinge nella schiena. Insiste: "Che hai magnato ieri sera, polvere da sparo?".

E dopo un po': "Vuoi pure 'a pala mia?".

Ha ragione, vado al doppio dei suoi colpi di pala, se ne offende e io non riesco a rispondergli neanche con un fiato di sorriso. Stacco tardi anch'io, per una volta non ho fretta di tornare a casa, aspettarla e sedermi di fronte. Buffo sentirsi come un dente, non quello del giudizio.

La cucina è spenta, non preparo la cena, non apparecchio i piatti, niente vino. Siedo con il foglio del conto aperto e aspetto. Lei ritorna, saluta, vede e si mette a sedere.

Quanto siamo rimasti zitti, poi che parole mandate allo sbaraglio nel campo dei centimetri che le nostre mani non potevano attraversare: ho scordato. Deve avermi detto di non fare così, ma io non so più di che materia fosse quel così, se bruciava o era spento.

Ora che è vita andata, recito l'atto di dolore: mi pento e mi dolgo, mi dolgo e mi pento di averle presentato il conto. La presunzione di avere diritto mi gonfiava la vena della fronte. Avanzavo il mio rauco reclamo e più sacrosanto era, più era goffo: le chiedevo conto, e mai si deve tra chi sta in amore. Non esiste il tradito, il traditore, il giusto e l'empio, esiste l'amore finché dura e la città finché non crolla. Poi esistono i bagagli e si ritorna profughi, senza la giustifica della maledizione di una guerra, senza una malasorte da spartire con altri. Di quel conto tutto era stato già pagato e il saldo era che bisognava alzarsi di sedia, di stanza e di città.

Il pollice arlecchino

Per il Natale del '56 regalò a se stesso tutta l'attrezzatura, tele, tavolozza, tubetti che spremevano il doppio concentrato dei colori e un cavalletto di legno, ma grande come un cavallo. Nel poco spazio di casa stava scomodo tutto spalancato. La pittura era bestia da aria aperta.

Era stata una spesa robusta e se ne vergognava, perciò era burbero: "Non si tocca," disse a noi bambini, aggiungendo un altro articolo all'ordine delle cose proibite. Con gli anni crescevano di numero come noi di altezza. Poi viene l'età in cui diminuiscono e smettono gli utensili proibiti. Ad accostarsi all'albero vietato si è cacciati dal giardino, ma se proprio non ci si accosta, quella pianta muore e bisogna lasciare comunque il recinto.

A differenza della storia antica, mia sorella non aveva desiderio di quell'albero cavalletto piantato storto in mezzo alla stanza dei libri. Ero io che sfioravo la setola dei pennelli, la fascetta colorata avvolta intorno ai tubetti, il bordo del telaio, però di più toccavo il legno forte che reggeva in braccio la tela da dipingere. Oggi so che era di faggio, allora era un pezzo di bosco in piena stanza. Combinò poco, aveva bisogno di guardare lontano per dipingere, aspettava l'estate.

Sull'isola portammo quel carico in più. Contro le proteste di mamma fui coinvolto come complice col rango di ausiliario. Lui si accollò il cavalletto e le tele, io pennelli e colori. Così per ricompensa ottenni di assistere, zitto, alle sedute di pittura. Disegnava a matita sulla tela, poi spremeva i colori, li mischiava sulla tavolozza e si metteva a inseguire il paesaggio. Faceva un quadro in un paio di giorni, barche, pini, il castello, scogli, mare, non facce, non persone, non interni, ma aria illuminata.

Alla fine delle ferie la tavolozza era incrostata dei più bei colori. Dai tubetti era sprizzata luce, chiasso, prepotenza. Dove si posava il ricciolo di olio cominciava una zuffa con gli altri colori intorno che volevano sopraffare l'intruso, ricoprirlo. Il bianco aizzava più di tutti: gli altri se lo volevano mangiare, poi restavano ammalati di lui, sbiadivano. Il nero era il più pericoloso, tutti lo evitavano, come faceva la gente con il carbonaio che passava coi sacchi per le scale. Guardavo meno il liscio del pennello sulla tela, di più scrutavo la rissa dei colori sul mercato della tavolozza che aveva un buco per il pollice e il suo stava inzuppato nel sugo dell'arcobaleno.

Di ritorno in città mamma non volle il mucchio ingombrante delle tele, da noi lo spazio si contava a centimetri. Lui non si credeva artista e meno che mai pensava di spuntarla con lei. Si rassegnò a salvare due o tre tele. In città abbandonò il cavalletto, per impedimento di veduta.

Cominciò a fare acquerelli che ingombravano meno. Privo di sfondo, di spinta dello sguardo al largo, il sole d'inverno era un passaggio di pennello sopra gli ultimi piani.

Sfogliava i libri dei pittori e provava a ripetere i loro quadri su fogli di disegno. Per me fu addio alla tavolozza, al pollice arlecchino: i colori nuovi erano una terra in una vaschetta, da rianimare con un poco di acqua. Non c'era il chiasso di sorgente, strilli di smalti attaccabrighe.

Non potevo mettermi alle sue spalle, non c'era niente da vedere. Era questa e così la città, un ripostiglio stretto dappertutto, un figlio non poteva stare dietro a un padre per mancanza di spazio. Il gioco largo dell'estate si era rattrappito, l'olio lucente dei colori si era spento nel fango colorato delle acquette. Nel naso non mordeva l'acido dell'acqua ragia. Lui non si scoraggiava, io sì, ero un bambino spesso prigioniero e resistevo agli sconforti con la prima risorsa dell'infanzia, la pazienza, una promessa fisica di crescere, di consistere poi.

Una sera che aveva finito di rifare in acquerello la stanza di Van Gogh, si sentì forse felice. Mi chiamò a vederla mettendola a confronto con quella riprodotta sul libro. Era umida di ultimi tocchi e rispetto al modello era più mossa, scossa nelle linee. Ma era bella, c'era spazio in quella stanza, anche se era stretta si vedeva che c'era posto anche per un cavalletto, che però non c'era. "C'è," disse, "lui sta dipingendo la sua stanza dall'interno. Noi non lo vediamo, ma lui dà le spalle alla porta e sta dietro il suo cavalletto." Capii per la prima volta che in ogni quadro ci si mette vicino, pure addosso all'autore, nel suo stesso punto. A leggere molti libri, vedere molti quadri uno prende così spesso il posto dell'autore da diventare come uno di loro. Dura poco, resta però l'impressione di coincidere. Gli chiesi: "Si diventa pittori a forza di guardare?". Fu scontento della domanda, mi rispose serio: "No, a forza di fare".

Per fargli piacere gli dissi che la sua stanza era venuta più pulita di quella del libro. Questo gli piacque, mi poggiò la mano sulla nuca e poi: "Ho dimenticato di dipingere la polvere".

Il suo tono m'incoraggiò a chiedere ancora: "Perché copi?". Sapevo il perché, non c'era mondo intorno, non un centimetro di orizzonte, niente era lontano, ma tutto stretto addosso.

Non rispose questo. "Non copio, imito, ripeto un disegno, cerco di rifarlo per stare vicino al pittore, per accompagnarlo. Io non so dove ha cominciato lui, magari dalla finestra, io invece dal letto, ma alla fine lo raggiungo per forza di imitazione, per ammirazione."

E ancora: "Sai cosa vuol dire ammirazione?" aprii la bocca per dire sì, che io ammiravo lui, ma non mi pareva la stessa cosa che lui provava per i pittori. "Ecco, tu segui un'altra persona non per essere uguale a lei, ma perché provi affetto per le sue mosse, le sue pantofole, per la paglia della sua sedia..." si confuse, non proseguì. Non capivo. Per me fare come un altro era copiare e a scuola si veniva rimproverati. Fare come un altro: non potevo, era una recita e non ho saputo agire così.

I suoi acquerelli si asciugavano sugli spalti della libreria, non li guardavo più. Li ho ritrovati in un vecchio album da disegno dopo la sua morte. Sono quindici riproduzioni da pittori impressionisti. Li ho incorniciati e ora stanno insieme sopra un mio muro.

Formano un balcone di colori, ultimo frutto della sua vista intera e affacciata. Sono le prove dimostrate della sua forza di ammirazione, prima che si appannasse l'acqua degli occhi e gli restassero le pupille secche, da acquerello, sul lontano. Per ammirare così, serve amore e chi non lo sa fare, come me, ne manca.

Il pilastro di Rozes

In geometria non esistono solidi con una faccia sola, in montagna sì. Il pilastro di Rozes è addossato alla vasta muraglia della Tofana e offre un solo lato, a sud, dritto e a piombo.

Nell'estate del '44 due giovani pensarono di aprirci una linea di scalata in pieno centro. Altri loro coetanei morivano di guerra mondiale e di guerra civile, la vita dei ragazzi allora valeva poco. Pensarono di dare valore alla loro scalando quell'acuto triangolo gigante. Compirono un capolavoro di alpinismo, salirono senza scansare tetti, strapiombi, filarono dritti fino in cima per oltre cinquecento metri. Era luglio, giornate lunghe di luce. Piantarono chiodi dove la scalfittura del calcare offriva un invito al ferrodolce battuto dal martello. L'insieme di quei colpi punteggia una scalata che porta il loro nome: Costantini-Apollonio. Se dalla cima cade un sasso, non sia mai, arriva a terra senza battere sulla parete.

Avevo già provato a salirla, però a metà il giorno s'era abbuiato di nuvole, il vento s'era attaccato alle corde come un campanaro, i tuoni ringhiavano su qualche cima intorno avvisando di sbrigarsi. Non si faceva in tempo a uscire in cima, bisognava ritirarsi e presto. La rinuncia in montagna è un atto di umiltà, perciò difficile. La minima cordata di due, pure se è d'accordo, ha sempre uno che incassa meno bene la ritirata, che avrebbe voluto rischiare un po' di più. È triste calarsi con la corda e scendere giù dai tetti che si erano saliti poco prima, obbedendo allo stile di issarsi solo sfruttando roccia e appigli, non chiodi.

Ti distrai coi fulmini. Mettono radici in aria alla cieca, per attrazione della terra, picchiano sulle pareti in cerca dell'anima di ferro delle montagne. Qualcosa, una piccola scarica li chiama e corrono pazzi di luce sui bersagli. Chi porta in scalata l'acciaio dei moschettoni è una lucciola da fulmini. A volte è bastata la spinta dell'aria sbattuta da una scarica vicina a staccare dalla parete una cordata. Sarà per un altro anno, ti dici, mentre il pilastro diventa un biscotto inzuppato, e d'asciutto ti resta solo quel pensiero di tornarci. Poi si arriva al rifugio e si mastica in silenzio tra famiglie in vacanza che scrosciano di chiacchiere più del temporale.

E così ci sono tornato, un'alba di tre anni dopo, con una ragazza svelta e spiccia. È scontenta che io non porto il casco. Il suo se lo calca bene in testa, uno zuccotto rosso che mi darà allegria, vedendolo salire. "Se ti rompi quella testa vuota, ti mollo lì," mi dice prima di partire, mentre mi sto legando in vita il nodo chiamato dai marinai gassa d'amante. Le rispondo: "So che potresti piantare uno sposo sul gradino dell'altare, ma uno scemo di compagno di cordata con un buco in testa, quello no". "Non ci contare, "dice," passo e chiudo."

È un'alba calda, il cielo aperto, ma dal fondo di valle sale la condensa. Scalo i quaranta metri della fessura d'attacco, sono un po' lento, arrivo alla sosta, mi guardo intorno e non vedo niente, sto dentro una nuvola. Il pilastro è imbottito d'aria fradicia. Sotto i piedi qualche squarcio di luce sulle ghiaie: sarà così per l'intera scalata.

Tiro tre strappi di corda per avvisarla di attaccare l'arrampicata. In montagna cerco di non fare rumore, di non dare voce al compagno di cordata. Desidero passare in punta di piedi e di dita, zitto, perché sono sulla parete un corpo estraneo alla materia. Per me è una creatura gigantesca e io una sua pulce che viaggia di nascosto. Non pianto chiodi, non per rispetto dell'ambiente, ma perché non voglio che s'accorga di me. Uso quelli che sono già in parete. Non l'addomesticherò mai, mai potrò azzardare un'intimità. La risalgo solo per la sua bellezza. La ragazza viene su agile, dalla fessura spunta il papavero rosso del suo casco.

Riparto, vado svelto sui punti che ricordo, la nuvola dà peso al mio fiato, protegge il mio silenzio. Dal fondo di valle non sale un rumore.

A ogni sosta scambiamo veloci il materiale, non parliamo, riparto appena è pronta a darmi corda. A pochi metri già non mi vede più, affida ai polpastrelli l'intelligenza per la misura giusta della sicura. Senza accorgermi del tratto percorso, sbuco sulla terrazza della prima cengia. Sulla testa un ingombro di tetti sbarra il seguito. Ci guardiamo in faccia, da ora in poi si va in strapiombo, ci sarà da sbuffare. Mi muovo, mi struscio aderendo alla roccia, stringo una scaglia gialla che mi conduce sotto il primo tetto. Sporge di un paio di metri, passo corda nei moschettoni, mi raccolgo sotto, da un appiglio mi allungo, afferro il bordo, un taglio che lo spacca, pianto il tallone a fianco della mano, sono sopra, mi fermo.

Tocca a lei. Non ama gli strapiombi, la sento che borbotta perché non riesce a liberare un moschettone, poi soffia forte, vedo la sua mano che sporge da sotto in cerca della presa sopra il tetto, dieci a destra le dico, lo aggunta, ci accoppia l'altra mano, tiene forte e si tira, ecco il rosso che s'affaccia sul tetto, un piede scalcia, poi trova appoggio e in un attimo è accanto a me, senza essersi appesa alla corda neanche un poco. Mi vergogno di dirle brava, perché è come dire che anch'io sono stato bravo e invece siamo solo giusti per quassopra, solo giusti giusti. "Mi potresti pure dire brava," protesta, io sto zitto, faccio la mossa di guardare in alto, al prossimo tetto che ci aspetta. Siamo venuti per questo, ci mettiamo impegno e lo passiamo.

Siamo a metà parete, sotto lo strapiombo che chiamano schiena di mulo. La nuvola è fitta, non sappiamo che tempo sta facendo fuori di lei. Ci guardiamo: usciamo. In gergo vuol dire: in vetta, si va dritti, si prosegue la scalata. Ci affidiamo alla tenuta della nostra nuvola che non si disfi in pioggia e bagni roccia e corda.

Siamo due: in parete è molto più del doppio di uno. Attacco le vertebre basse della schiena di mulo, sbuffo su prese viscide, metto corda in tutto quello che offre la via, anche un cuneo di legno che è lì da cinquant'anni. Supero la difficoltà, lei segue, in crescita di agilità. Fuori dalla sezione dei tetti ha più sicurezza. Mi raggiunge. Siamo in un camino spaccato che non mostra fine, dritto e stretto. Mi tiro su scansando la sua testa, il nostro due si distacca di nuovo a dipanare una bava di corda tra noi: siamo un'unica bestia che s'infila, si ritrae, s'attorciglia intorno a un ancoraggio e poi si sfila verso l'alto. In cima al camino lei perde un appoggio, scivola di piede, s'aggrappa con uno strappo di nervi, le scappa di dire: "tieni," certo che tengo stretto, ma non serve, neanche stavolta s'appende alla corda, recupera invece da sola.

Andiamo dritti sopra, dove la parete s'inclina e la linea di salita è meno evidente. La nuvola insacca il pilastro, andiamo un po' a tentoni, trovo qualche traccia, consumo tutto il tratto di corda che ci separa, cinquanta metri, mi accorgo che non me ne può più allungare, mi fermo a uno spuntone. Il sacco della nuvola perde una pioggerella che stuzzica gli occhi, vedo il suo punto rosso che arriva luccicante risalendo dal fondo grigio di vapore e pietra. Ci guardiamo le facce gocciolose. Siamo quasi fuori, anche se non si vede la cima. Siamo due, il contrario di uno e della sua solitudine sufficiente.

La corda s'ammucchia sopra i piedi, lei si avvicina e io le guardo il nodo stretto in vita. Non per controllare se è a posto, ma per affetto verso un'alleanza di corda. "Che stai guardando?" dice la sua voce. "Guardavo il tuo nodo." Se lo controlla: "È a posto, no? Si può sapere a che pensi?". "Al numero due," rispondo.
"Be', quando arrivi al tre fammi un fischio," dice per dire qualcosa.
"Per oggi faccio con il due," dico accettando la battuta e rimettendomi a scalare il bordo del pilastro. Ci finisco sopra dopo un ultimo salto di rocce, mi guardo intorno e non c'è altro, niente più parete, oplà. Dei segni di passaggio indicano la discesa. Arriva anche lei, siamo usciti davvero in cima, non ce n'è più, si siede, tiriamo fuori il pane, del formaggio, un coltello, il tempo d'inghiottire, poi la nuvola, stufa di noi, si sbriciola in grandine. Lo scroscio pizzica il mio cranio sguarnito di casco e questo è il castigo per burla della mia mancanza. Riavvolgiamo le corde, come due camerieri che sparecchiano, ci caviamo le scarpe d'arrampicata e infiliamo le ciabatte del ritorno. Scherziamo per la grandine sparsa a manciate come riso fuori d'una chiesa di nozze, scendiamo senza voltarci indietro, estranei dopo avere sfiorato per le giuste ore la pietra, la bocca sempre a un fiato dal baciarla.
Tutti i nostri passi hanno seguito un desiderio. Per esaudirlo abbiamo dovuto metterci i piedi sopra e calpestarlo.

La fabbrica dei voli

"Costruiamo case agli altri, ma la nostra è ancora incerta", traduco in italiano questa frase di muratori del sud, intesa sui cantieri. Nella sua lingua è: "Fravecammo 'a casa all'ate, sulo 'a nosta sta 'n prugetto". Per quasi venti anni di mestieri operai molte volte ho appeso panni negli spogliatoi insieme a gente di ogni età e geografia. La gran parte era di sud e da loro ho ascoltato quella frase, pronunciata con caparbietà di malinconia.

Mi tornava in mente nel tempo in cui ero operaio di rampa all'aeroporto militare di Sigonella, in mezzo agli agrumeti della piana di Catania. Ero stato assunto da una ditta che si occupava di tutti i servizi a terra di quella grande base aerea, la più importante del Mediterraneo intorno alla metà degli anni ottanta. Si lavorava sull'intero giro del giorno, nove ore per turno, spesso due turni di fila. Stavo in un gruppo di operai di Napoli piazzati, spiazzati, dentro un alloggio di periferia. Si stava tre per stanza, ognuno la sua branda, il suo turno diverso. Ho imparato lì la premura di aiutarsi tra uomini.

Ci aiutavamo: chi aveva una pausa dal lavoro faceva la spesa per gli altri, cucinava, teneva pulito l'alloggio. Rientrando dal turno si faceva piano per non disturbare il sonno di chi riposava. Soffrivano di fitta nostalgia quei napoletani trasferiti in un sobborgo di Catania, operai sulla rampa degli aerei. Era un maldidenti della loro anima, indolenziva le facce, i sorrisi. Ero fortunato, senza mogli e figli da nessuna parte non avevo un luogo verso cui voltarmi, vivevo senza il loro torcicollo. Le nostalgie sono malarie che hanno bisogno dell'umido degli occhi. I miei erano asciutti come l'esca di tòtano. Quelli che hanno qualcuno da un'altra parte hanno inventato i ponti. È una costruzione che non mi sarebbe venuta in mente.

È male vedere uomini che a sera si passano una mano sulla faccia per asciugarsi un rosso di palpebre. È bene che gli uomini abbiano sentimenti da lacrime.

Sulla rampa stavamo a servizio di ogni specie di aerei da carico e da passeggeri. I DC 8 portavano soldati in partenza o in ritorno da licenze, che avevano sacchi militari dannatamente pesanti. Li caricavamo e li scaricavamo a mano. Siccome ero agile entravo io nella bassa stiva dei bagagli. C'erano i grandi aerei da carico: i C 130 Hercules, i C 141 grandi il doppio, e poi il più potente di tutti, il C 5 Galaxy che era una nave in cielo e aveva bisogno di una pista speciale. Quando arrivava era sempre senza avviso, fuori della scheda di lavoro del giorno. Si sentiva da lontano in cielo un rumore metallico di motori marini, sulla rampa sembrava di stare vicino alla sala macchine di un bastimento. Aveva una voce diversa da tutti gli altri aerei. Per noi quei chiassi meccanici erano voci e li conoscevamo coi nomi storpiati nel passaggio dall'inglese al napoletano: 'o siuantùri era il C 130, C one thirty nella sua lingua.

Svuotavamo e riempivamo a forza di spinta: i carichi erano organizzati su "pallets" di acciaio, piatte slitte che scivolano sui binari del vano di carico. Noi spingevamo, eravamo macchine di spinta. Fuori la pianura era una graticola di asfalto a perdita di vista, d'estate fumava di aria abbrustolita.

Ci ho passato due estati, una delle quali molto infervorata da avvenimenti. La Libia doveva avere molto irritato gli Stati Uniti e la Nato e perciò nel Mediterraneo del sud si era concentrata una buona flotta con due portaerei. Queste venivano a rifornirsi di tutto a Sigonella facendo la spola con gli elicotteri giganti, neri, i Chinook. Arrivavano a ondate. Caricare e scaricare al volo un Chinook è un'esperienza simile a un pezzo di frutta dentro un frullatore. A motori accesi si entrava nella stiva di carica che vibrava e sussultava scatarrando un chiasso maledetto. Sui due lati i jet dell'elicottero sparavano un vento bollente che se non ti abbassavi ti buttava a terra, non ancora cotto, ma non più del tutto crudo. La consegna era la più frenetica velocità. Partivano a volte anche senza aver completato il carico, ti buttavano fuori e via col prossimo. Quando era finito ci si ritrovava fradici di sudore nelle tute e l'aria calda della rampa d'estate per cinque minuti ci sembrava fresca.

Fu una stagione di lavoro imbizzarrito da quel supplemento di traffico. Noi operai eravamo spiritati, grilli che saltavano da una carcassa all'altra di quelle macchine assortite che ci piombavano addosso dal cielo. Eravamo più di cento, la gran parte catanesi. Con alcuni di loro si stabilì un'amicizia, di quelle che succedono in momenti di emergenza. Sono rapporti forti, leali, ma fondati sullo stato di eccezione. Sono unici, non sopravvivono. Lasciano ricordo come un buco nel muro, una cicatrice.

Nei momenti di pausa vedevo le nuvole a tazza, nitide e viola, intorno all'Etna. I vulcani s'intendono con le nuvole, come un pastore con le pecore. Le chiamano, le radunano, spremono il loro latte sulle rughe del fuoco. Così un uomo di Napoli, un operaio magro senza grasso di nostalgie, guardava il vulcano in fondo alla pianura e pensava alle rotte segrete delle fiamme che univano il Vesuvio d'infanzia con l'Etna delle cento tute di operai. Un tracciato di forni sotterranei imparentava le più colossali bocche da fuoco del sud, passando per le Eolie. Prima di risalire a un unico Dio che azzerava in un colpo numi e divinità, dev'essere stato bello rivolgersi alla spalla di un vulcano per chiedere un aiuto, anche solo una proroga.

E quando tracimava di fuoco e inceneriva l'aria, doveva essere giusto offrirgli il sentimento del terrore, per devozione, non per spirito di conservazione. Dalle mie parti avevano fatto fortuna con le eruzioni. Ercolano, Pompei s'erano addobbati a musei di storia fulminata. L'Etna da Sigonella nei turni di notte chiamava a voltarsi. Il basso del cielo sul vulcano era scottato a sangue, come i nostri occhi.

"Fravecammo 'a casa all'ate, sulo 'a nosta sta 'n prugetto", mi tornava in mente a Sigonella il proverbio amaro dei muratori. Eravamo al servizio dei voli, ma noi non volavamo mai. Quei napoletani restavano inchiodati a terra a veder partire motori verso tutte le destinazioni, anche per Capodichino, aeroporto della loro città. Quante volte li ho sentiti dire per scherzo e per affanno: "Mi nascondo in mezzo al carico e tra un'ora arrivo a casa". E per cinque secondi gli passava davanti agli occhi vuoti la faccia di sorpresa dei suoi se l'avessero visto spuntare all'improvviso. E quando uno di loro mi chiedeva: "Tu no?" rispondevo di no ma solo con la testa, che a dirlo quel no era troppo duro per loro da sentire.

Infine fummo tutti trasferiti, noi napoletani, e Catania finì.

Prendemmo un aereo, ci salimmo sopra senza tuta. Per loro fu come uscire da una detenzione, per me solo cambiare branda. Avrei fatto l'operaio di cantiere a Milano, cambiavo di rumore. La fabbrica dei voli era finita.

La congiunzione e

All'entrata del bosco spezzo i fili dei ragni che avvolgono i confini. Sono i sigilli stesi di notte, denunciano l'intruso. Salgo tra i primi abeti ancorati a pilastro e fondamenta, carico il piede dove non fa rumore. Per essere accolti in un bosco bisogna bisbigliare passi. Finché vado sono uno lasciato passare. Se mi fermo e mi siedo con le spalle a un tronco, vedo famiglie di alberi in movimento. Quando mi fermo è il bosco che si muove.

"Ancora."

Non tutti i fusti spiccano verticali seguendo la linea più dritta per salire a luce. Alcuni pendono di un angolo verso valle, mettono cima obliqua. Fanno maggiore sforzo di radice. Azzardano altre linee, offrono appoggio al fulmine, che ha bisogno di invito. Gli alberi maestri hanno rami verdi pure al suolo, gli alberi secondi li hanno verdi solo in alto. È una gerarchia. Nel bosco non intendi la regola, i tronchi stanno sparsi alla rinfusa, ma niente sorge senza il loro permesso.

"Ancora."

Chi veniva con il mulo e l'ascia, sapeva togliere al bosco. Chi viene con il camion e con la motosega, lascia spoglio.

Non si vede ma il legno trema quando s'avvicina il ferro. Non ha una difesa. Contro il fulmine il bosco sacrifica un albero a bersaglio. Poi sul piede bruciato s'impianta il fungo della rimembranza, rosso di malincuore.

"Ancora."

Ogni spicchio di luce che arriva fino a terra è contato, cade come da impianto a goccia. Il fitto dei rami apre una via al raggio che raggiunge la tua mano adesso. Gli abeti hanno spostato in alto la griglia dell'ombra. Per calarti sulle ciglia il largo di luce di una foglia. Nel bosco l'assemblea degli alberi decide ogni cosa. Ti hanno accolto, ora sei tra di loro benvenuta.

Queste parole sbucavano da me per compagnia, facevano sorridere il tuo fiato fermato a riposarsi. Lasciavi per un po' correre gli altri dietro ai funghi. "Non vanno a raccolta, ma a una battuta di caccia al porcino."

Ci eravamo dispersi, anzi tu eri dispersa e io da lontano seguivo il tuo spariglio dalla comitiva. Non ho il gusto di staccare funghi dal terreno, quella volta venivo per guardarti. Così le voci sbiadivano in alto e di lato e t'eri appoggiata di schiena a un sasso imbottito dei corti aghi del larice. Arrivai alle tue spalle senza rumore, il mio piede in montagna lo sa fare, lo cerca, per essere preciso e di passaggio. Avevi occhi anche sulla nuca, le donne possiedono la vista su uno che le segue. Gli uomini invece hanno il senso orientato solo sull'innanzi. Eri seduta con la faccia a monte, venni a sedermi dirimpetto. Come la più solita cosa noi stavamo nel bosco in perfetto disparte e mai era successo prima e mai fu ripetuto. Era il più stabilito appuntamento, che non ha alcun bisogno di essere fissato, calmo come alla consueta ora. Parlai del bosco. E tu chiedevi ancora e stavi a senti-

re le parole zingare che leggevano al bosco il suo disegno.
"Come conosci?"

Ci ho dormito dentro. Ci ho acceso un fuoco in un cerchio di pietre, ho bruciato pigne e rami spezzati. È venuta la neve, al mattino mi sono pulito con quella mani e occhi.

Arrivato al punto di racconto quando la luce fu aperta dal bosco e lasciata spalancata sulla tua mano e sopra le ciglia mi hai guardato dritta, più in fronte che negli occhi. "Hai nella voce un ardore compresso, di uno che viene da un freddo." E sull'attaccatura dei miei capelli dove scendeva un angolo di luce anche per me, puntasti un'apertura di sorriso da far chiudere gli occhi. Così ti sei alzata, il tuo fiato governato, il mio spezzato e sei salita con il cesto al braccio ancora vuoto. Sono rimasto un poco. L'angolo di luce al tuo posto si ricopriva d'ombra.

Era l'agosto di quanti anni fa, eri moglie, madre di figli piccoli. Quella sera un'occasione di cantare, la tavolata di persone estive riunite da una festa e poi due macchine partono e si va a proseguire in pochi la musica sopra uno strumento a corda in una capanna sul bordo di un bosco. Vedi, è in legno di abete, lo riportiamo a casa, dissi della chitarra. E prima di arrivare alla stanza dei tronchi, nella macchina noi stretti vicini, tu sotto una coperta mi hai cercato la mano e l'hai tenuta. Ho stretto gli occhi per strozzare il tempo. Gli occhi ci riescono. Uno si volta verso di noi e dice che il suonatore si è addormentato.

Ho amato e conosciuto i corpi accalorati e presi nell'avvinghio, ma quella mossa tua è una bandierina piantata in mezzo al vento di una cima, dove non si può più salire in alto verso un'intimità maggiore, dove quella raggiunta è inabitabile. Da lì bisogna scendere. Così so dire adesso. Allora la tua mano è stata la congiunzione e, la particella che sta tra due nomi e li accoppia più di abbracci e baci. La tua mano minuta serrata nella mia inutilmente larga, serrata a serratura chiudeva noi due dentro e tutti gli altri fuori.

All'arrivo non volevo lasciarla, non io per primo, dovevi farlo tu. L'hai ritirata tiepida di carezza, l'hai rimessa al suo posto in cima al polso, al corpo separato. Venimmo ai canti nella capanna, cercavo la tua voce nel gonfio del coro per raggiungerla con una terza nota, un controcanto che di due gole ne faceva una e la chitarra era un organo di abete tra gli abeti. S'inoltrò la notte, finì la prolunga cantata della sera. E risalimmo in macchina, noi due non vicini, era normale. Noi due non vicini e niente altro da aggiungere al giorno del bosco e della mano offerta in congiunzione.

Ce ne ho messo a ripetere che era tutto, che per poco che era stato reggeva la pienezza dell'intero. Non capisco in tempo, ho bisogno di andare e ripassare sopra l'evidenza per ammetterla e per dimenticarla.

Da poco ho rivisto la stanza dei tronchi, tornando da una corsa in montagna dove metto per amore di salita un ritmo di fanfara nei talloni. Sono passato di ritorno a valle, sbandato di stanchezza. Sono entrato. Eravamo lì, sulla panca, noi due vent'anni almeno in meno e non c'erano gli altri e nemmeno la chitarra. C'era la coperta con le nostre mani nascoste sotto a fare congiunzione.

Meidl, o meidl ich 'll bai dir fregen
vos ken wachsen, wachsen on regen
vos ken brenen un nit oifheren
vos ken beinken, veinen on treren?
Narisher boker vos darfst du fregen
a shtein ken wachsen wachsen on regen,
liebe ken brenen un nit oifheren
ein hartz ken beinken, veinen on treren.

Ehi tu ragazza dimmi se sai
cosa può nascere anche senz'acqua,
cosa può ardere senza estinzione,
e soffre e piange senza le lacrime.
Sciocco ragazzo, cosa mi chiedi?
Senz'acqua crescere potrà una pietra,
senza estinzione brucia l'amore
e senza lacrime soffre e piange un cuore.

(Canzone popolare yiddish)

Vino

Astemio fino a diciannove anni e molti giorni, non mi piaceva bere neanche le bibite con la schiuma frenata sotto il tappo. Trovavo gusto nelle acque, le riconoscevo: la piovana, di fontanella pubblica, di rubinetto, di pozzo, di neve e poi quella di maggio, un'acqua a parte che faceva bene agli occhi e odorava di fulmini. Quella benedetta non l'ho bevuta, ho resistito alla tentazione.

Una volta c'erano gli acquedotti che riempivano le brocche delle tavole, si versava da bere dal tubo di cucina. Ero astemio, un buongustaio di acque. Nient'affatto mite, m'ero inselvatichito lasciando all'improvviso da ragazzo la casa di origine, mangiando in un'altra città i pasti di una mensa che inacidiva le viscere. A lasciare la tavola dove si è cresciuti per tutti i centimetri e i pasti comandati, uno si procura un vuoto allo stomaco, un angolo acuto che non può essere raggiunto.

Anche alla mensa niente vino, partecipavo di altre fermentazioni. Intorno scalpitavano le rivolte di strada e m'inghiottivano. Insieme a molti spuntati tutti insieme ero pressato a uva nell'annata indecente e decisiva millenovecentosessantanove. Braccianti fucilati dalla polizia nel meridione, le bombe nelle banche a settentrione, gli anarchici incolpati a torto e apposta: era l'anno dell'ira, ira pura. Per molti diventava svolta di non ritorno indietro da parole spietate, di risposta. Dirle costrinse a obbedirle. Da astemio posso dire a freddo che non fu una sbronza, ma l'avvento a secco dell'odio.

Nel disordine nuovo c'era un posto per ognuno. Per tutti, anche per me, s'era aggiunto pure lo sbaraglio degli amori nuovi, che non escludevano nessuno, né i poveri né i brutti. Le ragazze, le donne s'innamoravano per impulso di generosità, spargevano felicità tra quelli ai quali non toccava mai. È successo allora e poi non più. Era l'amore degli insorti, un dono della febbre politica, senza la quale non poteva sorgere. Abbracci e arresti, lacrimogeni e baci e poi le notti sul colle del Gianicolo andare per cantare in coro e farsi sentire dai nostri rinchiusi dentro Regina Coeli. Erano le nuove serenate, le voci delle ragazze spaccavano il buio.

All'osteria i compagni bevevano il vino pallido e solforato dei Castelli, debole di gradi, facile all'aceto. Sulla tovaglia di carta schizzata di unto scrivevo un biglietto d'amore e lo recapitavo alla ragazza, alla sua scuola, il giorno dopo. Non servivano postini ai nuovi amanti inferociti.

Vedevo bere vino, una sostanza che intorbidiva gli occhi degli anziani e finiva in singhiozzi. Ai giovani dava voglia di rissa, un poco di coraggio, ma toglieva sveltezza e precisione. Dopo il primo pugno in faccia metteva vergogna, perché il vino, e non io, aveva ricacciato l'insulto e l'insolente. Essere astemio era un vantaggio sleale.

Un'altra volta mi sono vergognato di un muso insanguinato, ma era sobrio anche lui. Stava in un gruppo di operai che di notte volevano sfondare la barriera dove altri operai stavano a veglia per tenere chiusa in sciopero a oltranza la fabbrica contro i licenziamenti. Li sorprendemmo tra i viali di notte nella nebbia e fu primo sangue, non peggio di così, ma sangue amaro, duro da ammettere anche quando ti dai ragione. La nocca sbucciata sulla faccia colpita, pronta a raddoppiare, e invece un dolore ti piglia e ti disarma l'ira. Senza arrivare al capolinea di soffrire pietà, ti fermi alla vergogna e smetti lì.

Era astemio l'amore, una pizza addentata tra le dita alla tavolata dove noi due stavamo accalcati e soli con più forza ancora, che il chiasso dei compagni ci proteggeva l'intimità, ce l'infittiva. È successa la stessa cosa con più miracolo in qualche aula dei processi politici dentro il gabbione dei rinchiusi in massa. Si mettevano in piedi, ben serrati e tra le loro scarpe una coppia di loro si sdraiava per darsi l'amore. Tutt'intorno stava il cerchio dei carabinieri, poi veniva il poligono di sbarre e nell'ultimo anello i corpi dei compagni a fare siepe all'amore accanito e benedetto che si accoppiava nel posto più nemico, sgusciando tra le maglie di catene. Quello era miracolo, un colpo di santità dato alla vita. E sono pure nate le creature, così. Succede di vedere festeggiato un piccolo di panda nato in cattività, si fa finta di niente coi cuccioli nostri partoriti in prigionia.

Per noi due stretti di fianco la ressa dei compagni, la confusione dell'osteria gremita era uguale a una nicchia di bosco, in cui stare invisibili, appartati. Ci parlavamo a due centimetri tra bocca e faccia, ogni parola era un mezzo bacio, arrivava all'altro con il gusto d'insalata, di minestra. Se ci scappava un bacio era per concludere un discorso. Un'allegria serissima sviluppava l'amore. Era leale, senza sforzo di fare bella figura, senza scuse né grazie e altre partite doppie. E se finiva te lo sbatteva in faccia che finiva, che uno dei due passava via e niente questionari, come mai, perché, com'è successo, ma tu m'avevi detto, scritto, fatto: niente, perché il mondo scoppiava di rivolte da seguire e tu con le tue coronarie costipate eri da schiaffi prima che da ridere. Giusto, ma intanto non mi era capitato ancora e non lo sapevo com'era il guasto della sua mancanza. La ragazza passava via da me e uno schifo di dolore mi pigliava, ero rincitrullito a indolenzirmi tanto, a lacrimare dietro i pugni stretti. Uno che sceglie di stare con la moltitudine, può mai farsi azzoppare dalla perdita di intimità con una persona sola? Non gli basta fare coppia con i molti? La sorpresa di non sedermi accanto, di sedermi e basta, di parlare agli altri e non guardarla mentre mi ascoltava, la sorpresa di parlare e basta, e tutto il resto del dafarsi senza una sua parola, il dafarsi e basta, mi faceva sbandare, la sorpresa. La solitudine che fa i peggiori agguati nella gioventù, l'avevo contrastata con lei o con la comunità dei molti arrabbiati di giustizia? Allora non lo sapevo e oggi non lo so più, ma ci dev'essere stata un'ora mia per conoscere di cosa era fatto il rovescio delle solitudini, il contrario di uno.

Intanto ero furioso con me che m'ammalavo di malinconia a stare senza il suo fianco. Diventavo attaccabrighe, in mezzo a un'assemblea, se quello in piedi sulla cattedra a parlare non mi andava a genio, lo prendevo per le scarpe e lo tiravo giù. Succedeva la zuffa e c'era chi mi dava ragione. L'ira politica s'appestava di scatti scalmanati, di ulcere infiammate. Era morto il sonno, di notte al ciclostile, all'alba ai volantini, a mezzogiorno ai cantieri a prendere accordi con gli operai sul dafarsi, poi riunioni, poi, poi, senza potermi togliere lo stesso la pagliuzza dagli occhi.

Allora una sera di dicembre dell'anno d'impazienza millenovecentosessantanove andai a Napoli a rimettermi nel cerchio delle facce. Ero già un intruso. Guardavo sforzato il posto da cui mi ero staccato. La messa a fuoco regolata sul vicinissimo della faccia amata e sul largo di una folla in corteo, non si fissava nelle stanze lasciate, tra le usanze. Il mangiare della casa era buono, buono di anima, conteneva la cura, i piatti non facevano rumore, accompagnati e non sbattuti davanti. Ci trovavo un'aria di ospedale: un anno da loro lontano ed ero rivoltato fino allo stordimento, ma dov'ero stato, da che guerra punica tornavo così rimbambito? Ammaccato negli occhi davo colpa all'amore che non allentava la presa neanche negli urti di piazza. Anzi proprio in quelli volevo dimostrare ch'era tutto finito, che non m'importava di lei e invece dimostravo ch'era della mia vita che non m'importava.

Così una sera di Napoli e di dicembre e con l'aggravante dell'anno, nello scantinato di Danny mio cugino si festeggiava qualche fatto loro e mi sedetti comodo sempre con quella fitta di mancanza al fianco e mi presentarono una bella sottana di paglia intorno a un vetro, di cognome Chianti, la presi per il collo e mi versai dalla sua bocca il primo bicchiere di vino della vita. L'assaggiai, aspro, io digiuno e traditore d'acqua: il guasto in bocca affiorò sulla faccia con una smorfia tesa agli zigomi. La trattenni, era maschera che mi serviva, briglia e morso.

Un principio di mitezza mi staccò la pena dal fianco, durò poco più di niente. Bevvi il secondo sorso, una pasta di sputo tra la bocca e il naso, poteva diventare uno starnuto invece spuntò agli occhi: e no, lacrime no, presto un altro sorso le ricacciò in gola. Mischiate al vino l'addolcirono, così vuotai il bicchiere. Danny, lo scantinato, i suoi amici cantavano appoggiati a una chitarra, io oscillavo a tempo stringendo nella mano la sottana di paglia.

Danny mi aveva insegnato le mosse giuste delle dita per la prima canzone alla chitarra, la prima e non le altre, che sarebbero venute da sole sotto la pizzicata delle corde. Lui dava avvio, poi il seguito era mio. Mi appoggiai al suo vino e sbandai forte. Ogni sorso era un colpo di scure ai piedi, sotto il tavolo un taglialegna mi stava abbattendo. Quando volli alzarmi crollai a rami aperti, a terra. Mi fecero la grazia di non badare a me, era una sera di loro amori in corso. A contatto del suolo il mio furore se ne andò in pausa. Buffo sentire intorno un canto di ragazzi innamorati che si amavano così, dentro una sera, in coro. Piantato sul pavimento non mi feci trasportare via. Mi lasciarono sotto una coperta. Non ero astemio, più.

Nel periodo seguente ho provato a fare col mio corpo il miracolo delle nozze di Cana. Pieno d'acqua volevo trasformarlo in pieno di vino. Non con un colpo solo, ma con regolare sostituzione dei liquidi, bevendone tanto quant'acqua pesavo. Mi riuscì in parte, solo con il cranio. Alla fine dell'esperimento l'avevo affogato. Insieme a lui in fondo allo stesso stagno di vino c'era il corpo dell'amore perduto, una ragazza coi capelli sciolti stava immobile senza dare più unghiate ai miei tendini, ai nervi.

C'è voluta più tardi l'epatite virale per riportarmi all'acqua e alle papille vergini. Fu un anno d'intervallo e poi dacapo. Da allora il vino è solo compagnia, per pareggiare la giornata con un bicchiere alzato al livello degli occhi. Per uno che beve di sera i sorsi sono baci a tutte le donne assenti, e gli occhi che si chiudono, un inchino.

INDICE

9 *Mamm'Emilia*

11 *Vento in faccia*

19 *Febbri di febbraio*

25 *La gonna blu*

31 *Aiuto*

41 *La camicia al muro*

46 *Una cattiva storia*

52 *Annuncio mai spedito*

58 *In nomine*

63 I COLPI DEI SENSI

66 *Udito: un grido*

69 *Vista: un vulcano*

72 *Odore: brioches e altri gas*

76 *Tatto: l'anello al muro*

80 *Gusto: un brodo di pollo*

85 *Il conto*

92 *Il pollice arlecchino*

96 *Il pilastro di Rozes*

101 *La fabbrica dei voli*

105 *La congiunzione e*

110 *Vino*

Erri De Luca per Feltrinelli

Non ora, non qui (1989, nuova edizione ampliata 2009)
Un'infanzia che non tornerà più, Napoli sullo sfondo, lo struggimento di una vita che ci rende estranei a noi stessi, e al nostro passato.

Una nuvola come tappeto (1991)
Un invito a leggere la Bibbia, cercando in ogni passo ciò che è stato scritto per noi, per lasciarci trovare tra quelle righe.

Aceto, arcobaleno (1992)
Un eremita dai capelli ormai bianchi rievoca tre amici di gioventù. Il primo è stato terrorista e muratore, il secondo ha scelto la via della religione, il terzo è un vagabondo...

In alto a sinistra (1994)
Giovinezza a Napoli, lavoro operaio e ricerca di altro. "Le storie di questo libro stanno nel perimetro di quattro cantoni: un'età giovane e stretta, di preludio al fuoco; una città flegrea e meridionale; la materia di qualche libro sacro; gli anni di madrevita operaia di uno che nacque in borghesia."

Alzaia (1997, nuova edizione aggiornata 2007)
Dalla A di Agguati alla Z di Zingari, un libro "per voci", come un vocabolario. In realtà, è la festa di un "lettore solitario". Un esercizio per non perdere la memoria.

Tu, mio (1998)
In un'isola del Tirreno, in mezzo agli anni cinquanta, un pescatore e una giovane donna trasmettono a un ragazzo la febbre del rispondere, che segna il duro passaggio all'età adulta.

Tre cavalli (1999)
La vita di un uomo dura quanto quella di tre cavalli, dice una filastrocca dell'Appennino emiliano. Da qui lo spunto per la storia di un'esistenza tumultuosa, tra lotte operaie a Torino, guerriglia e amore in Argentina, fuga in Patagonia e nelle Falkland, il ritorno in patria e un nuovo incontro.

Montedidio (2001)
Un quartiere di vicoli a Napoli: Montedidio. Un ragazzo di tredici anni che va a bottega dal mastro falegname. Una vita nuova scritta su una bobina di carta. Un boomerang da portare sempre con sé. E poi don Rafaniello, lo scarparo, che rivela il suo segreto, e Maria, che ha tredici anni e fa innamorare.

Il contrario di uno (2003)
"Due non è il doppio ma il contrario di uno, della sua solitudine. Due è alleanza, filo doppio che non è spezzato." Venti racconti e un poemetto in versi.

Solo andata. Righe che vanno troppo spesso a capo (2005)
Il drammatico viaggio di un gruppo di emigranti clandestini verso i "porti del nord". Un poema scabro, tragico, potente. Un grande romanzo in versi. La scommessa della parola poetica di fronte a una materia (umana, civile, sociale) quasi "intrattabile" che qui diventa disegno delle sorti del mondo.

In nome della madre (2006)
Il piccolo libro del Natale, del nascere al mondo e alla vita. L'enorme mistero della maternità. Una storia di Maria che restituisce alla madre di Gesù la meravigliosa semplicità di una femminilità coraggiosa, la grazia umana di un destino che la comprende e la supera.

Il peso della farfalla (2009)
Una farfalla bianca sta sul corno del re dei camosci, un fucile sta a tracolla del vecchio cacciatore di montagna. Li attende un duello differito negli anni. Più che la loro sorte, qui si decide la verità di due esistenze opposte... Il racconto della radicalità della natura, dell'"antichità" del conflitto tra uomo e animale.

Il giorno prima della felicità (2009)
I sentimenti, il corpo, il sesso, la gelosia, l'onore, la morte, il sangue e l'esilio... Il riscatto di Napoli attraverso la formazione di un giovane orfano che cresce alla scuola di don Gaetano, diventando testimone dei giorni della rivolta della città alla fine dell'occupazione tedesca.

E disse (2011)
E disse: con questo verbo la divinità crea e disfa, benedice e annulla. Dal Sinai che scatarra esplosioni e fiamme, vengono scandite le sillabe su pietra di alleanza. Mosè, primo alpinista, è in cima al Sinai. Inizia così il suo corpo a corpo con la più potente manifestazione della divinità.

I pesci non chiudono gli occhi (2011)
Un uomo, cinquant'anni dopo, torna coi pensieri su una spiaggia dove gli accadde il necessario e pure l'abbondante. Le sue mani di allora, capaci di nuoto e non di difesa, imparano lo stupore del verbo mantenere, che è tenere per mano.

Il torto del soldato (2012)
Un vecchio criminale di guerra vive con sua figlia, divisa tra la repulsione e il dovere di accudire. Lui è convinto di avere per unico torto la sconfitta. Lei non vuole sapere i capi d'accusa perché il torto di suo padre non è per lei riducibile a circostanza, momento della storia. Insieme vanno a un appuntamento prescritto dalla kabbalà ebraica, che fa coincidere la parola fine con la parola vendetta. Pretesto sono le pagine impugnate da uno sconosciuto in una locanda.

La doppia vita dei numeri (2012)
"La doppia vita dei numeri proviene dalle feste svolte nella mia piccola famiglia d'origine, quando quei pochi c'erano tutti. La sera di capodanno si allestiva la tombola e accadeva il prodigio di estrarre dal canestro dei numeri una folla di storie in una lingua mista. I fantasmi della mia notte di capodanno sono pronti a farsi convocare, a giocare una partita a tombola, seduti alla tavola dei vivi. I fantasmi rispondono a chi ha bisogno di loro, come i santi. Le donne conoscono la formula."

Per "I Classici" Feltrinelli ha tradotto e curato

Esodo/Nomi (1994)
"Un libro sacro, un'avventura per anime in fiamme e in travaglio, non per quieti": il libro più suggestivo dell'Antico Testamento, tradotto come se non fosse stato mai fatto prima.

Giona/Ionà (1995)
Libro minimo per numero di versi e immenso per deposito di leggende. Narra di Giona e del suo nome, dei giorni nella pancia della balena, della sua liberazione. E di Ninive, la città-donna, l'insonnia dei profeti.

Kohèlet/Ecclesiaste (1996)
La provvidenza ha voluto che questo libro rientrasse nel canone sacro. Lo si legge per grazia di questa assunzione, ma un lettore sempre si chiede cosa ci stia a fare Kohèlet nell'Antico Testamento. E si risponde, se crede: "amen", verità.

Libro di Rut (1999)
"Dal grembo di Rut passerà la stirpe di Davide e dunque del Messia. Nessun angelo la avvisa e nessun sogno, ma basta la sua pura volontà di essere sposa e madre in Israele."

Vita di Sansone (2002)
"L'amore della filistea Dlilà e dell'ebreo Shimshòn scavalca le trincee, scombina le linee. È impolitico, inservibile ai calcoli, perciò perseguitato. Però dura, resiste più che può all'assedio, e anche quando cede, non tradisce."

Vita di Noè/Nòah (2004)
Genesi/Bereshìt, 6,5-9,29: la storia di Nòah/Noè. "Il creato si disfa sotto la più schiacciante alluvione. Da allora sussiste il secondo mondo. Dio ha annullato la sua prima stesura della vita..." Ma "Dio è uno, la vita no".

L'ospite di pietra di Puškin (2005)
"Puškin scrive questa piccola tragedia in versi contro se stesso... Alla fine di questo atto di accusa contro il genere maschile, Puškin ha espiato. Per chi prende assai sul serio le parole, scrivere è scontare."

Sempre per Feltrinelli, ha pubblicato con Gennaro Matino

Mestieri all'aria aperta. Pastori e pescatori nell'Antico e nel Nuovo Testamento (2004)
Nell'Antico come nel Nuovo Testamento tutto si svolge fuori, all'aria aperta. Battaglie, amori, preghiere, sacrifici. Predicazioni, miracoli, morte e resurrezione. Anche la vita quotidiana. Anche il lavoro. Il tempo di Abele, pastore. Il tempo di Pietro, pescatore. La terra, l'acqua. Il nostro destino.

Almeno cinque (2008)
Vista, udito, tatto, gusto, olfatto. Gli apostoli vedono Dio, lo toccano, sentono la sua voce, ne percepiscono il profumo, condividono il pane nell'ultima cena. La fisicità della divinità deve essere presa alla lettera. La meravigliosa concretezza dei sensi letta attraverso i testi della scrittura sacra.